雁来时

唐吉慧 著

文汇
出版社

爱情是人生的著色剂 也是一种守候

允和与我 的相守 除了感情外

更多的是对文化的共同坚守

有光书此 似忆允和 [印]

时年一一一岁于张家食馆

周有光手迹

- | -

闻公！今天以七白画，止收！

湘英主文，就寓文无原稿，可加修阅，等上，飞邻发。此文此事，而足珍也。我半发十年中间创造，此乃立收捨乾净，此以文化事业徒以记念的友好色括在世維去，著实不少，竹老在此为常危琐之深，怅甚出住戈坤永念，不知近状如何？纷冷速速诣专致之

再来闲，颖笑泡！接塔处，接房之载。公元我大概，

黄炎培致江恒源

- 1 -

吕文同志：

来信读悉。这篇寄上，此比一张，用后请退还。另外还有一篇，请编在原故集的最后。

来信中提出的两处意见，我考虑后认为不必改动。因为我在《随想录》里已经说明，让它们照原样留在纸上。因为我还说过《随想录》是我的真实历史，也就是说我的文章有不少错误，若一律今天来确定就不是历史了。

但你们使你们把心，觉得哪句话实在不妥，那起删掉定，用适当代替也行。

祝

好

巴金 廿六日

几页老实见不必改动。巴金

巴金致吕文

- 1 -

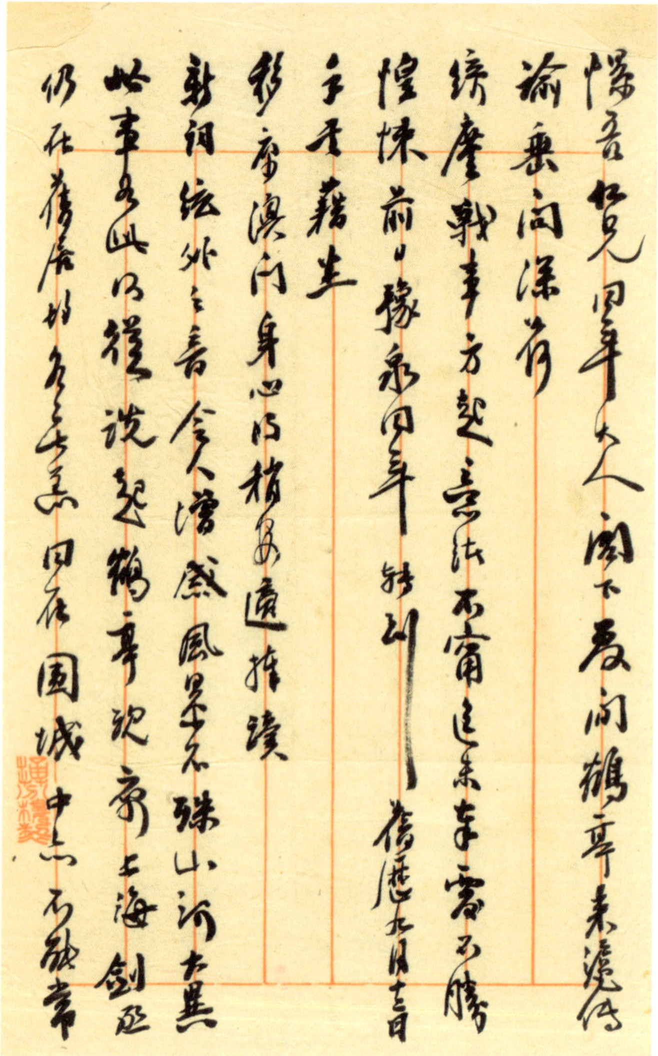

怀音觐觉四年矣，阁下爱间鹤亭来沪得

谕，乘兴间溥有

绣摩戰事方殷，言徒不甯遽东东寄无�
惶悚前以豫东四年……怵应九月吉日
……藉生

移摩濠门身以所措耑遂椟……
射铜紘外之喜令人潸然风景不殊山河大异
此事之凶以待说……鹤亭沈寄上海剑延

仍在旧居拾务……同在国城中……石 敬书

张元济致汪兆镛

晓云小姐，

为了我出书的事让您帮了我

姑父许多忙，真感谢。近年来苦

于精力不济，赠书给友人都是托

出版社代寄，没写上下款，连这

谢忱都没表达，更觉耿耿于心。这

小钱包希望能用。祝

前途似锦

张爱玲

序

　　不止书里的二十四篇佳作，连这书名《雁来时》也颇有意思。

　　书信是自人类社会诞生以来摆脱时空限制、进行沟通交流的不可或缺的重要工具。从远古时候在山洞里结绳记事，到 2 200 多年前秦始皇下旨在遥远的长江三角洲筑高台置邮亭，都是为了"见字如晤"的信息传播。书信的门类繁多复杂，规格与时俱进，但无论是竹简、纸笺还是电子短信、微信，都相当真实地记录了历史的点滴风云，透露了写信人的意愿和情感。

　　本书作者独具匠心，历尽辛苦，倾注一二十年时间，收集了大批逆势上扬的近现代文学家、艺术家、翻译家、出版家的信札，很是难能可贵；在进入了新时代的今天，站在新的历史高度回看，视角新了，很有史料和艺术的研究价值。他曾在上海举办过一个影响不小的"文心灿烂——中国近现代学人手迹展"，之后又把收集这些展品过程中的有趣经历和感悟写成了一篇篇语颇隽永的散文。为准确翻译鲁迅的"横眉冷对千夫指，俯首甘为孺子牛"两句诗，唐弢、叶君健、邵荃麟、沈雁冰四位大家在信函交驰中反复切磋斟酌，足见求"信达雅"之难。上世纪六十年代一场突如其来对"童心论"的批判，让有"东方安徒生"之称的陈伯吹在与知己通信中，唯有欲言又止的委屈、痛苦和无奈。可谓"尺素留声"，那些鲜为人知的文字经历一个甲子后，仍能让新世纪的新人们生起对一位怀抱家国深情知识分子的同情，对那种粗暴荒谬批判的批判。

"信"字在中国的辞海里有两解，一是书信，另一是诚信。诚信是成功的钥匙，民国时期爱国将军冯玉祥说："对人以诚信，人不欺我；对事以诚信，事无不成。"我注意到，书里还有几篇记叙作者与几位意趣相投的师友交往的故事，"往事慢慢细讲"。一位忘年交、著名昆曲表演艺术家俞振飞的高足自知时日无多了，竟唤作者来病榻边，把一沓黄黄的旧纸托付给他，说："你拿去吧。这真的是件宝贝。"原来是俞老临上海解放时手抄的《孔雀东南飞》，"通篇自然流畅，笔墨圆润，满纸的沉秀儒雅，用书法的标准来审视，无疑称得上逸品"。临了还叮嘱不要声张赠件人是谁。作者承诺了，又从书商手中觅到两张俞老兴冲冲从香港赶回上海迎接解放的照片，连同这幅墨迹珍藏起来，即使下笔这篇《俞振飞的手抄〈孔雀东南飞〉》回忆录，也始终为知遇的长辈隐姓埋名。

全书所摘引的书札原文不在少数，都是名人当时朴实老到、炉火纯青的精华之作，"都生动、都儒雅、都朴实、都厚重，所表现出的文辞和艺术的魅力，都闪着光芒、透着温度，都震撼人心"。加上作者对这些书札背景的介绍、考证、诠释、评论，以及感情饱满的干练描述，更引人入胜，可以说是"散文中的散文"。据闻，作者已有好几本编著的名人书信集出版，他在这方面的丰富积累，称得上"财大气粗"。

我与吉慧有着一份缘，同是黄浦江口的宝山故乡人，经堂妹瑾瑜作介，就有了先读为快的机会，写下了这几句读后感。

陈佐洱

2020 年 4 月 10 日

（作者为上海宝山人，作家，国务院港澳事务办公室原常务副主
任，全国港澳研究会创会会长。）

目录

红梅花开

　　老广州是广州人，在上海做字画生意很多年，我是在旧书商老周的店里喝茶时认识的，六十不到，个头不高，平头，戴副黑框眼镜，嘴上蓄着黑黑一撇胡子，一身粗布粗衣服，粗看有点像鲁迅，一派广东味的普通话听得人老想起广州丰盛的早茶。老广州爱笑，他从不舍得给自己买一身像样的衣服，连抽烟都不晓得给大家发一支，是守财奴。自从与他聊起信札后，他隔三岔五会给我个消息，说有某某人一封书信，问我要不要。我看上的少，缘由不是假的，便是没什么价值。其实老广州做生意有一套，常常转悠在江浙一带和上海的小画廊、小拍卖行，人家卖不掉的字画他几乎全要，他心里清楚这些是赝品，但他仍以每幅低廉的价格买走，因此每回见他，他身后一个布包总是鼓鼓囊囊装着许多卷轴。老广州很有点路子，一个电话，他香港的朋友会以每幅八百元样子的价格将他的字画全部收购，其中差价够他滋润上一些日子。香港人在香港的旅游景点开画廊，画廊布置得古色古香，林风眠、徐悲鸿、张大千、谢稚柳等作品标价每幅三千至五千不等。爱看热闹的游客常常以为自己是行家，与老板砍砍价，花上两千、三千，甚至万元买上几幅，以为捡了大便宜，回去后挂在家中朝夕相处，短的几星期，长的一两年，便发现其中玄妙，好歹不觉得多少窝囊，拿去拍卖行试试运气，结果自然折戟而终。拍卖行劝客人低价处理算了。就这样，这些字画不少又回到了老广州的布袋子，如此周而复始。

我会刻图章是老周告诉他的。老周用信札来跟我换的两枚印章，常常拿了给朋友看。那天我们都在老周店里打发时间，老周把我吹嘘一番，老广州把图章小心捧在手里，看了又看，说："我不懂，但真有意思，你替我刻一枚吧。"老周听了存心刁难他："要付润资的。"老广州立刻浮起笑脸说："那要的，要的。"我问他刻什么，他说"爱梅"。

时间一久，老广州跟我熟悉了，偶尔见面却要说一句："我读了你写的文章了。"有回他约我去他家坐坐，我去了。家里一个二十多岁的女孩子正在整理客厅，老广州介绍是她女儿小梅，大学刚毕业，正在一家公司里做财务。小姑娘生得灵巧细致，是娴娴静静一朵半开的红梅花。原来老广州四十多岁离了婚来上海做生意，眨眼十七八年，女儿小梅，从小他一人带大，东奔西走随他吃了不少苦："你瞧我平时那么不讲究，就是爱这个女儿，想给她多留些钱，让她过得体面些，日子过得宽松些，随朋友们说什么了，我不在意。"而"爱梅"之因，是家里藏着幅陶冷月的墨梅："是我父亲以前留下的，现在是我的心头好。你看墙上挂那么多假画，只有这幅是真的。"当然最重要的是他的小梅，他说要把那枚"爱梅"盖在陶冷月的画上，将来给女儿做嫁妆。晚上老广州亲自下厨，待饭毕我们到他的书房喝茶聊了起来。

　　他给我看一封顾廷龙的信，写给徐调孚的。信上说："松崖笔记一册，援鹑堂笔记一册，横阳札记一册，札朴四册，学古堂日记一册请检收。学古堂日记系潘景郑兄奉借，尚有宗舜年撰尔雅□□稿一册，俟检出续呈。明版图录即由鄙人等自校之何如。此上。调孚先生。龙顿首。十八。"顾先生的字我见过不少，多半是晚年作的楷书、篆书，端庄大方、老成持重，又温文尔雅，是读书人的气韵，怎么看怎么像《长生殿》里的老生李龟年。老先生写字，由他的父亲亲自启蒙，遵庭训要在"平淡中求出色"。因为他父亲告诫他书法无他诀，惟横平竖直，布置安详，这也成了他学书要诀的基础，认为书法第一要"实用"，在实用的基础上发展艺术风格："书法作为艺术，只讲实用肯定不对，辩证地看'书法'与'实用'的关系，大概可以这样说：脱离实用，趋于成熟；坚持实用，更趋成熟。字是写给人看的，首先要使人看得懂，最重要的是要符合规范。"关于篆书，他在《顾廷龙学述》中谈到自己的经验："我写篆字，长期学习临摹金文，金文中爱好《盂鼎》《虢季子盘》《史颂簋》等文字，这些字奇丽瑰玮，神气完足，结体婉转，富于豪放之气。我认为长期临摹体会这些优秀作品，可做到纤细而不寒碜，清癯而带丰润，凝重而不失活泼，沉着而不失自如，豪迈不羁却不失章法，跌宕旷

抬遗笔记 一冊 撰静安先生笔记 一册 横阳札记一册 札樸 四册

学吉堂日记 一册 诗 检出学吉堂日记偏涉庵笔部先审俟出来若

宋舜年撰尔雅口徵 一册 俟检安后寄去 眠飯图録即由趙

寄自接之亦寄以上

调孚先生

廷龙 志

达而充满情致。"这封信是顾先生早年写的，与晚年的字迥然不同，五行小字个个英挺俊朗，是《牡丹亭》中的小生柳梦梅。他说他的小字是从六朝人所书《三国志》上得来的功夫，求学时还受了钱玄同与刘半农倡导写经体的影响。我是极敬仰顾先生的，随即问了价，他开了价，我略微还了价，他说考虑考虑，接着再没了下文。

时间悄悄过去两个月，老广州突然约我去他家喝茶，待我进门就高兴地说小梅要嫁人了，女婿是女儿学生时代的青梅竹马，这些年两人丝丝连连情义不断，终于女儿刚辞了工作，不久要回广州完婚了。我向他道了喜，没想老广州也做下了回广州的打算，并暗自处理完上海一切事务："姐姐一家在广州，字画生意太辛苦，这次女儿回广州，我该回去和大家团聚了。"他一边说，一边从书桌的抽屉取出一个黄色信封："顾廷龙的信，原来不给你，是想再等个好价钱，生意人的见识，老弟莫怪，现在送你留个纪念。"

时间悄悄过去两个年，老广州突然发来一幅图片，是陶冷月的那幅画，只是墨梅右下角多了红红一朵小图章，"爱梅"，墨梅终于成了红梅。我微微一笑，他真的盖在了画上，真的给小梅做了嫁妆，我有点受宠若惊。老广州附言一句：有时间来广州，我请你吃早茶。

2015年

翻译变奏曲

那么多年了，这两本书竟然都在，中英文对照的世界名著，哈代《德伯家的苔丝》和大仲马《黑郁金香》。书是中学时买的，那时有一阵对英文十分有兴趣，觉得课本上所学的无趣，便买了来，既当文学读物，又学英文。记单词、背文法，不懂的查字典，有用的画下划线，重点的做记号，每天晚上睡前靠在床上读一章，日子一久，课堂上的考试成绩并不提高多少，翻译的能力倒比其他同学强了些。我甚至寻思日后可把中国的名篇译为英文，做一回翻译家，让世界看看我们的文字有多好。可惜我的计划没多久沉入了夏日的荷塘，于今早是枯荷一片。

季羡林先生回忆当年考北大时国文的试题很奇特：

"何为科学方法？试分析详论之。"季先生抱怨这哪里像是一般的国文试题，谁晓得英文更奇特，除一般作文和语法试题外，另加了一段汉译英，那年的汉文是后主李煜的诗词："别来春半，触目愁肠断，砌下落梅如雪乱，拂了一身还满。""这也是一个很难啃的核桃。"季先生不禁一声慨叹。

这让我想到前几年看昆剧，有《牡丹亭》，有《长生殿》，演员演得好自不多说，舞台左右两侧的中文字幕配上了英文翻译，具体记忆不清，印象中是糟糕的，那么美的昆曲文辞，译得苍白浅显，不如不译，中国人看了别扭，外国人看不透彻，好在昆曲自身的优雅足够使任何一个人感受到它的美。有回好友带了几位外国友人在天蟾舞台看演出，中场间隙，朋友问英国友人是否喜欢，没想到他们个个露出惊叹的眼神，说真好看、真好听，但朋友告诉他们那些英文翻译略有错误，请他们好好学习中文，将来学成，便明白除了真好看、真好听之外，那唱词是何等"赏心乐事"。其实我是理解的，《牡丹亭》里的"梦回莺啭，乱煞年光遍"，如何译？《长生殿》里的"滴溜溜一片青帝风外舞"，如何译？一句"褭晴丝吹来闲庭院，摇漾春如线"，"褭晴丝"究竟是蛛丝或柳丝，又如何译呢？只怪我们的核桃过于坚硬，真不是那么容易啃的。

严复说到译事有三难：信，达，雅。"求其信，已大难矣，顾信矣，不达，虽译，犹不译也，则达上焉。……易曰：'修辞立诚。'子曰：'辞达而已。'又曰：'言之无文，行之不远。'三者乃文章正轨，亦即为译事楷模。故信、达而外，求其尔雅。"意义无非忠于原文，文辞流畅，文笔优雅。以后傅雷有"神似"之论，钱锺书有"化境"之说，然而现实是不同的语言环境、不同的生活环境、不同的文学环境，换为另一种体系的文字表现，何其不易，特别是中国的诗词。

我的书斋存有几件难得的书信资料，讲述了半个多世纪前翻译鲁迅先生名句"横眉冷对千夫指，俯首甘为孺子牛"的一段故事。1961年9月，为纪念鲁迅八十周年诞辰，叶君健编辑的英文刊物《中国文学》将制作鲁迅的专刊，其中有唐弢一篇Recollections（琐忆）。文字开篇便引了鲁迅的名句"横眉冷对千夫指，俯首甘为孺子牛"。叶先生是老翻译家、老作家了，用英文都写得出长篇小说，可这回为这两句诗犯了难，他在1961年7月15日给作家邵荃麟写去一封信，信中陈述目前出现了两种译法，第一版为：Wish frowning brows I disdainfully defy the thousands who point accusing fingers at me; Wish bowed head I mostly submit like an ox for the child to ride on. 第二版是初步译法：Fierce-browed, I coolly face a thousand pointing their fingers; Head bowed, I stand a willing ox for the children. "这第二种译法比较简练，但外国读者恐怕仍然是无法读懂这两句诗的意思。'a thousand pointing their fingers' 和 'a willing ox for the children' 它是指什么，外国读者大概无法猜想得出来。编辑部的同志拟根据毛主席的解释在第一句上加一个注脚，即：The 'thousand' define to our enemies；在第二句上加另一个注脚，即：The 'children' define to the proletariat and the masses of the people. 这样做法虽然保持了原诗的 '形象'，但相当啰唆，而且也不一定传达了原意。我们的另一种作法是表达原文的实质，而不拘泥于原文的字眼。因此根据毛主席的解释作了这样的试译：Fierce-browed I fix my defiant glare at the brutal enemy. （'千夫' 就是敌人，

对于无论什么凶恶的敌人，我们决不屈服。）Head bowed
I stand a willing ox for the ordinary man.（'孺子'就是无
产阶级和人民大众。）这种译法是否表达原文的'实质'，
因我们对原文的理解没有把握，希望听听您的意见……"
他说。叶先生信上的字迹极为潦草，英文笔迹极为难辨，
我的英文则极为难堪，不得已请来几位英文专业的朋友
帮忙，谁想他们都望"洋"兴叹，最后在好友程琛的帮
助下完成了部分识读，其余结合中文含义，在不断地揣
测捉摸中拨得了云开雾散却晴霁。

　　邵先生或许同样拿捏不准，随即将信转给了沈雁
冰。沈先生与鲁迅先生彼此熟悉，1927年曾以"方壁"
为笔名写了全面评论鲁迅的长文《鲁迅论》发表在《小
说月报》上，可谓鲁迅的知音。他用清健的毛笔小字为
叶君健对这两句诗做了深刻解读："'千夫指'，是一个
词儿，以喻独裁者（也可以解释为人民的敌人），'横眉
冷对'是作者（鲁迅）对于'千夫指'的态度，可以解
释为'坚定而有自信心地蔑视着……'全句可以意译
为'我坚定而有自信心地蔑视着独裁者'。'孺子牛'虽
在诗句的地位上和'千夫指'对称，但实在'孺子'是

「千夫指」是一个词兒，以喻独裁者，(也可以
解释为人民的敌人)。「横眉冷对」是作者(鲁迅)
对待「千夫指」的态度，可以解释为「坚定」而有自
信地藐视着这些……全句可以译为「我坚定而有自
信地藐视着独裁者」。(「千夫指」用典，古书有之)

「孺子牛」也是诗句中的地位在上的「千夫指」对称，
但实是「孺子」是一个词，「牛」是另一个词，「孺
子与牛」，再详释之。「孺」即「孺子」服务的牛。「孺
子」喻对无产阶级，也引伸为「孺子服务的牛。「一切
新生长的事物，亦即反抗统治者的革命力
量。「俯首甘为」是一个态度……作者的……

「俯首甘为」译的「我甘情愿，……地
服务于革命力量」

这里我把这三句的解释，我认为要
三种译法，尽量把原文之真意(以及……成直义)如把「横眉冷对」
牛一字直译出来，
就字稍加意译，以补字之论……
「俯首甘对于夫指」，锤句之稳，格调高亢……「俯
首甘为孺子牛」格调回扬高亢而二稳可知。

Fierce-browed I throw my contemptuous glare at the despotic oppressors;

Head-bowed I stand a willing servant to the revolutionary cause.

7.19日按此努力
依连明了在凝样
上拉石。礼

(61.9#)

唐弢手迹

一个词,'牛'为又一个词,意即'孺子的牛',再详释之,即'为孺子服务的牛'。'孺子'喻新兴阶级即无产阶级,也可以引申为喻一切新生长的事物,也可以喻反抗独裁者的革命力量。'俯首甘为',是作者言其服务于'孺子——新生力量、革命力量'的态度是心甘情愿、自动自觉的。全句可以意译为'我心甘情愿、自动自觉地服务于革命力量。'这是我对于此二句的解释,照这解释,我认为第三种译法较得原文之真意;同时,我建议不必把'牛'字直译出来。老实说,就旧诗格律而论,'横眉冷对千夫指',炼句工稳,格调高亢,'俯首甘为孺子牛',格调同样高亢而工稳不如。"并对第二版翻译表达了他的意见:"如此翻译,较得原意,但'横眉冷对'直译为Fierce-browed I coolly face还觉未尽原句的神韵,(请看另纸我对此句的解释。)'冷对'译'蔑视'较得原句神韵。"

经了沈先生的解读,译文于是重组,到这一期《中国文学》印刷临近,定音的却是唐弢,他在一张字条上写:"Fierce-browed, I throw my contemptuous glare at the despotic oppressors; Head-bowed, I stand a willing servant to the revolutionary forces. 7.19日按此抄另纸送印厂在校样上改正。"

我近日离沪去到北京多时，托了几位书商朋友在京华进行了一次搜寻，终于这本英文版《中国文学》9月号从西安辗转送到了我的手里。匆匆翻到唐弢那篇Recollections，开篇翻译正是字条上呈现的，这惊喜简直是福尔摩斯破了奇案。虽然这样的翻译与鲁迅先生的原意未必相合，但翻译之难于此足见——我的那片枯荷塘，莲香恐难再现。不过《德伯家的苔丝》《黑郁金香》，权当小说来读，也不赖。

2016年

小姐和春香都走了

　　2008年9月10日，夏天退去秋天初来，金煌煌的阳光染浓了梧桐树的叶子，染浓了我这片猎奇的心思：我意外走进剧场去体会体会昆曲，原以为不过是老人家们闲时消遣消遣的娱乐节目，看过才晓得如此动听、如此唯美。于是，那段日子着了魔一般，逢有昆曲演出，一定跑到天蟾舞台去过戏瘾。朋友为我介绍孙天申先生认识，知道她是位资深的昆曲家，我格外高兴，电话里约定时间，冒昧登了门。我清晰记得，应门的是位老太太，个头不高，满头银发，满面慈祥，叫人亲近，一副金丝边眼镜衬得她脸上的皱纹都秀气。入得门内，一派古风，一墙一墙挂满了名家书画，有俞振飞，有程十发，有张充和，难怪朋友说老先生家像个美术馆。我从小生活在上海宝山，地地道道的宝山人，算来缘分，她家先生祖上周之桢同为宝山人，所以她说自己也是个宝山人，由此她叫我"小宝山"。开始我称呼她孙老师，记不清相熟多久后她让改叫她奶奶，有时人家误以为真，她将错就错，直接回人家话："嗯，是呀，这是我的孙子。"

孙老师这辈子只喜欢两样东西，唱昆曲和打麻将。她父亲在新中国成立前是位律师，老屋在南市的龙门村，郑逸梅当年租她家的房子住过。我认识她第一天，她跟我说绍兴戏过去是泥水木匠下人丫头看的，我一时摸不着头脑，后来知道她七岁由父亲带着进大世界的戏园子看昆曲，打小受的教育，昆曲是阳春白雪，其他剧种缺乏境界，顶多是红木茶几上的小装饰品。自然这是偏见。她是俞振飞的学生，能唱旦行，能唱生行，一辈子热爱昆曲是真的，上海大剧院1998年建成，大大小小剧种陆续登台献演，唯独没有昆曲。老太太不明白，昆曲怎么进不得大剧院？于是自己出钱请上海昆剧团第一次登上了上海大剧院的舞台。她甚至认为社会早已达成共识的京昆艺术，易为昆京才妥帖，因为昆曲是老祖宗。

　　昆曲的圈子里有许多曲社，有各种各样的曲会，如上海昆曲研习社，北京昆曲研习社，这些团体更与许多文化老人们牵连在一起，赵景深、俞振飞、俞平伯、朱家溍、张伯驹等。近些年我陪她参加过不少曲会，她在曲会上爱唱一支《牧羊记》"望乡"，冠生戏，嗓音惊人地清脆明净，曲社里人人夸她是金嗓子，从1956年她加入上海昆曲研习社至今，灿烂不变。

　　我也陪她在上海、在杭州、在苏州看过不少戏，认识了几位叫她阿姐的名角儿，蔡正仁先生是其中一位。有年春节的曲会上，我第一次见到蔡先生唱曲子，他唱的是《牡丹亭》"惊梦"几个曲牌，我不由赞叹俞振飞的学生不愧"小俞振飞"，联想到的是古人的诗句，此曲只应天上有，人间哪得几回闻。后来离场，孙老师一脸认真，说要学就要有好老师，你跟蔡正仁学小生戏吧。我以为老人家一句戏言，并未当真，没想一个月不到，蔡先生给我打来电话，让我上门去唱给他听听。好歹我是有自知之明的，昆曲于我毕竟浅薄，蔡先生是著名的昆曲表演艺术家，技艺如山，情怀如水，跟他学过

《牡丹亭》"惊梦"、《长生殿》"闻铃"两折戏后，我尽量不去打扰他了，七十岁多的人，演出和教学的任务已然繁重，观众和专业演员更需要他。不过蔡先生是拿我当了个学生和朋友，2011年我的散文集出版，出版社分别为我办了签售会和交流会，他两次出席作嘉宾为我鼓励，还有著名画家程多多老师，他们对晚辈的照顾，我极为感激。

　　几年前张充和的学生陈安娜老师从美国来上海，那天晚上我和孙老师为她在城隍庙一家餐馆洗尘，餐后在孙老师家里闲聊时，安娜老师瞥见墙角的花瓶中竖着一根笛子，忍不住取出吹了起来。孙老师索性翻出曲谱，让我和她一起唱《玉簪记》"秋江"配安娜老师的笛子，待唱完她"数落"我真蹩脚，要我以后每个星期去她家里一趟："我教你，好好给我学，学不好，我是要骂人的。"说着说着，她自己先笑出声来，因为她根本不会骂我，每次在她家总是吃不完的巧克力，一茶几的零食。她血糖高，极少吃甜食，馋嘴了偷偷吃块奶油蛋糕是有的，所以她的朋友们送她的甜点，一部分让我享了口福，每次临走还要往我包里硬塞一些。碰上老太太

张充和致孙天申书信

左起：程多多、倪传钺、张充和、孙天申，2004年摄于上海

- | -

打麻将，到了饭点我偶尔给她和她的牌友们下馄饨。有回京剧表演艺术家李蔷华老师在，打了一下午没主意晚上吃什么，快六点多了兴头正浓，孙老师提议馄饨凑合凑合吧。蔷华老师手里摸着牌，半信半疑接过孙老师的话："小唐，水开了得浮起来啊，馄饨。"我朝她笑笑，请她尽管放心，转身走入了厨房。那晚四个老太太每人吃了八个，蔷华老师吃完连胡好几把，乐得命我以后要常来，馄饨她要多吃几个。若是三缺一，我也难得受回命坐上桌子陪她们开心打几圈，虽然我拙于此道，常常孙老师一边教，我一边出牌，以致后来逢上曲会，若有人问起老太太教了我多少曲子，我就跟人开玩笑，老太太昆曲没把我教好，麻将是能玩了，这倒也是个国粹。前些天我去她那里看看，她抱怨自己健忘，老年痴呆症似乎越来越重，生怕匆匆流年只剩下朦胧的画面，而细辨不出画里的色彩了，偏偏打麻将不输。我跟她打趣，劝她放下心，打牌思路晶亮，哪会是老年痴呆，眼下不如少赢一点，否则人家不跟她玩了。她叹口气说："是啊，每次赢钱挺不好意思了。"其实这口气有点小得意。她拿给我看窗台上的台历，上面小小的数字记录着每日的输赢，我仔细一瞧，加加减减好几十，果然赢了一百多。有两年我比较忙，她那里去得少了，她冷不丁给我电话问我在做些什么，要我每个月不用多，给她一个电话，报声平安，这次她希望我有空能常去陪她聊聊天，我说过了年你就八十五了，我们要为你张罗一次寿宴。她八十岁的大寿是我们众多曲友为她操办的，似乎就在眼前。她摆摆手说算了，麻烦大家够多了。我清楚她嘴上说算了，心里是期盼的，其实她喜欢热闹，有我们这些朋友在，她更觉得快乐有意义。

1982年1月14日，在夏威夷檀香山有一场昆曲演出，其中一折戏是《牡丹亭》的"游园"，孙老师是大小姐杜丽娘，演小丫头春香的是语言学家李方桂的太太徐樱。徐樱平日跟张充和学昆曲，那天老师兴致不错，主动换下学生客串起了春香，没想这一演演出了春香命。她有封给孙老师的信里说："我自从在夏（夏威夷）演后，又演了三次，今年是春香命，又演了一次春香，自觉'花面丫头十三四'，可真有点'那个'了"。2001年充和老为孙老师临写了一通《张黑女》，落款写"小姐玉安，春香奉上"，晓得其中故事的，定然觉得两个老太太有趣。她这几十年与合肥张家有缘，见过元和允和与周友光，最为亲密的是充和。充和老去年六月驾鹤仙去，孙老师年前抱恙住院，未熬过年关，八十四岁度完了她的小襟生涯，随充和老去了。老太太中年颠颠簸簸，移民国外学外语学开车，辛苦透了，晚年轻轻松松，回归祖国唱昆曲打麻将，枝枝叶叶尽是造化；不信耶稣不信佛，独独信奉没有共产党就没有现在幸福的日子，任何场合坚持自己的观点，不依不饶，老侨胞的爱国之心日月可鉴——这回小姐和春香都走了，她们悄悄隐入了画廊深处那座牡丹亭，依然华美，依然沉静，依然高贵。

2016年

京城读卢冀野的信

　　北京一待待了五天，朋友们的邀约从早上睡起直安排到晚上睡下都嫌不够，每天不停地缠绕在吃饭喝茶聊书看画的俗事雅事之中，不必探寻世外桃源，不必东篱采摘菊花，城中小圈子的生活，同样充满着意想不到的快乐，天地可因心远而自偏，譬如在朋友那里读到的这封卢冀野的信。

　　卢冀野是卢前，南京人，吴梅的学生，著名的曲学家，生前很出名，身后很落寞，前两年偶拾唐圭璋信札，才晓得吴梅门下唐圭璋之词，卢冀野之曲，是可以传世行后的。"莫道青衫薄，莫负春花约。江南三月，绿杨城郭。况青山灼灼遍桃花，且尽花前酌。"写得出这样的句子，冀野先生该是何等风流倜傥、清癯儒雅的一介书生？偏偏看了他的相片使我大失所望——他怎么是个大胖子？相片上的书生梳着油润的头发，蓄着山羊胡子，眉目还算清朗，一件略显陈旧的白色长衫妥帖地罩着他圆厚的身躯，胸前一柄暗花宫扇到底掩盖不住他的精致和古秀。女作家谢冰莹在《记卢冀野先生》一文中回忆，卢前是"一个胖胖的圆圆的脸孔，浓黑的眉毛，嘴上有短短的胡须，穿着一身黑色的棉布中山装，手里拿着一根黑色的手杖，看起来活像一个大老板；谁知道他却是鼎鼎大名的江南才子卢前——冀野先生"。江南才子在易君左的眼里则成了"胖哥"，成了"冬瓜"，成了"葫芦"。

信是1942年3月30日写给马宗荣的。马宗荣字继华，贵阳人，留学过日本，从事过教育。抗日战争爆发后，担任大夏大学总务长的马宗荣随校迁入了贵阳。当时贵阳有家著名的文通书局，设有编辑、印刷、发行三所，遂聘任了马宗荣来主持编辑所的工作。信上说："继华吾兄：今日见《文讯》二卷二期。有《霜厓诗录》广告。颇以为异。弟曾告兄，请先印词录，后诗录，岂词录已印行耶？又'卢冀野诗钞'排样已定，至今无有消息。四卷稿早经交卷。日日望寄弟自校，始终不见寄下，何也。霜厓诗、词录需加内封面，样式另附上。遗像遗札附印第一册。未装订前须由弟校阅一遍，全稿现只缺三剧一册，因文稿无法搜印故定为五种附年谱一卷也。……又霜厓诗、词、曲（录）、三剧、南北词简谱契约，皆由弟用编订人名义与文通订约。将来版税拟留作木刻用。又及。"

吴梅1939年客死离昆明不远的大姚县李旗屯，死后卢冀野着手为他的恩师编印全集。我特地翻来这几本文通书局的出版物，第一种确为《霜厓词录》，第二种是《霜厓诗录》，第三种是《霜厓曲录》，初版依次在1942年7月、1942年12月、1944年4月。按信封邮戳，马宗荣1942年5月25日才收到这封信，历时整整近两个月，局势不稳、交通不畅，文通书局或许因此未贸然将稿件寄与冀野先生，在未装订前请他再校阅一遍，而他附在信中为全集题写的"霜厓诗录"也未能收入书中。多少是遗憾，毕竟是牵挂。文通书局最终出版齐全了霜厓全集，后两种是《霜厓三剧》和《南北词简谱》，冀野先生足可告慰瞿安先生了。

朋友说这封信原是位集邮爱好者收藏的，打动他的是那页老信封和老信封上的老邮票，这位集邮爱好者不关心信是谁写的、信里写了什么、信中文字所吐露的文化意义，这回突然卖了好价钱，缘由他对折再对折，塞在了信封里好多年的信，他高兴坏了。我喜爱冀野先生这三页小笺上的字，相比唐圭璋，唐先生向来瘦弱，毛笔字和他人一样生得清逸，飘满浓浓书卷气；冀野先生的字见野趣，甚至带点玩世不恭，常说字如其人，真是一点不假。学问方面唐先生肯下苦功，编著有《全宋词》《全金元词》《宋词纪事》等；冀野先生多才情，但张友鸾说他似乎只写了点"元曲ABC"之类的启蒙文章，少了高深的著作，要以他的知识，是应该多些成绩的。惋惜才子命里多劫，竟寿浅于他的老师，度了四十六年秋冬便匆匆去了。关于死因，谢冰莹说到一件让冀野先生极为痛心的事："他亲眼看到当时有成千上万的旧书和珍本，都当作废纸，论斤出卖（其中有一部分流到香港，又转卖到外国图书馆）。怎不痛心疾首？这样一来，血压高了！加之他原来就有肾脏炎、糖尿病一类的宿疾，至此一并发作，结果于1951年4月17日病逝

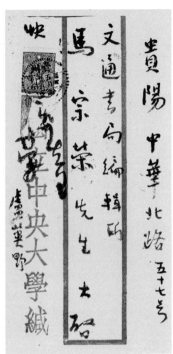

卢冀野题字及致马宗荣书信封

卢冀野致马宗荣书信

于南京医院。"

今年福建连城之行，三四天兜兜转转，正宗的沙县小吃没能挑动我的味蕾，悠悠然沉浸在了山水清清、松篁画里。我问导游是否知道连城的金鸡岭？他客气地笑笑回答说不清楚。我又问他卢冀野，他仍然客气地笑笑说不清楚。其实我的本意不过是如果金鸡岭距离住处很近，那么我想去看看，也并不打算他会对卢冀野有一点了解。职业的习惯却让他反问起我来："金鸡岭和卢冀野是怎么回事？"我跟他解释，卢冀野是大文人，新中国成立前有回过金鸡岭让土匪错当成国民党大干部给绑回了寨子。"后来呢？"导游来了兴致。"后来大作家聪明呀，因为他长着胡子，更是穷光蛋，而土匪要绑的大官没胡子，以此'验明真身'，土匪就把他放了。""那真有意思，我要找机会详细了解了解，以后能为连城的旅游增加一些卖点了。"导游神情煞有介事。

2017年

俞振飞重抄《孔雀东南飞》

2013年，经曲社的尹美琪大姐介绍我认识了老先生。她说老先生是俞振飞的学生，在俞老身边不少年，懂戏，以前是唱昆曲和京剧的好手，可惜坏了嗓子，只能做点教学工作了。那回她陪我去了一趟老先生家里，他们很熟络，进了屋子不怎么客套。我一进门就开始打量他，双脚坏了坐在轮椅上，那把轮椅在他身下转来转去十分自如，身体倒硬朗，看样子是较为魁梧的，说话气足，声音亮堂。他让我们在沙发上坐下，便叫来保姆为我们斟茶上水。刚咽下两口，老先生不容分说让美琪大姐唱曲子了："你今天唱什么？一定要唱。"她唱完接着让我唱，我不记得自己唱了什么，没有笛子伴奏，凭点印象，略带慌张地凑合完成了一支曲子。待唱完，他对我们不说好，也不说不好，就这么聊开了。

他问了我一些关于昆曲的问题，听说我是俞迷，高兴地话题不离俞振飞了。他一会儿拿出俞振飞的书信给我看，让我拍照，我至今记得1986年一封信写到大成杂志的沈苇窗，也写到《春闺梦》的小生上场："左手给旦角拉住，右手可以提着褶子，步子走得小一点，但要走得快一点。眼看着旦角，脸要笑嘻嘻，表示亲热的样子……"一会儿又翻出他发表在杂志上纪念俞振飞的文章，让我阅读他对老师珍贵的记忆。"有件宝贝，大家没见过，你一定喜欢！"他说这句话的时候有点得意。他笑着灵活地将轮椅转向了他的写字桌，在右手的抽屉里取出一叠黄黄的旧纸递给我。我轻轻打开，首页上自右向左赫然写着："民国卅八年五月十一日重抄。江南俞五。孔雀东南飞。"那一刻，我望着"江南俞五"四个字分外激动，因为俞振飞，另一方面看多了回忆民国时期戏曲的书里管角儿姓后按家里排行做称呼，如俞振飞叫俞五，姜妙香叫姜六，觉得特别有意思。

近些年迷俞振飞，他的墨迹我收集了一些，这件是我见到的书写时间最早的，民国卅八年，1949年。虽说是一个唱本的抄本，通篇自然流畅，笔墨圆润，满纸的沉秀儒雅，用书法的标准来审视，无疑称得上逸品。俞振飞的父亲俞粟庐是书法家，俞振飞从小随了俞粟庐写字，写魏碑、写董其昌、写赵孟頫，十四岁至十七岁时跟了陆廉夫学书画，继而请益于冯超然，最终形成他自己魏碑骨架子，掺了赵字风韵的行书。由于他的字好，偏偏成了晚年的一件烦恼事，他在给友人的信中说："我的写件越来越多，我一再声明：'我不是书家，更不是诗人'，但送纸来的人还是不断。真是'急煞人也么哥'。"

　　"你看时间，5月11日，解放军攻打上海是5月12日，5月11日上海解放战役打响的前一天，他还在那儿研究昆曲，你看他有多喜欢昆曲。"老先生说。我的眼睛贪婪地停留在这几页俞振飞的字上不舍得移开。"《孔雀东南飞》你知道吧，三几年翁偶虹为中华戏校编的，旦角是赵金蓉，焦仲卿用的是老生赵金年，俞老看过此戏后认为这是表现爱情缠绵和悲苦的戏，不适宜老生，改小生更妥当，大家听取了他的意见，就找来储金鹏演，但储金鹏不会，俞老便当起了老师来。"他说。"这就像程砚秋的《红拂传》，俞老将李靖由老生换为了小生一样，俞老确实是有智慧的。"我插上一句。"的确如此。"他接着说，"他为什么会抄《孔雀东南飞》？那回是在上海演《孔雀东南飞》，俞老有些生疏了，于是他抄了以后现背词，就把这出戏唱了下来。还有个故事呢，那时他和李玉茹有一出《鸳鸯泪》，小生戏极为繁重，俞老生怕自己体力不支，向他的一位医生朋友表露出了担心。那位医生朋友劝他放下心，打强心针即可，结果俞老真的打了那么一针。"我聆听着他的故事，看着他双眼神采飞扬，连那副宽宽大大的眼镜上都是光晕。

自从那次见面，我再没和老先生联系过。今年五月，老先生突然打来电话要我去一趟。我如约而至。家里保姆说他身体多病了，这些天连日阴雨，风湿性关节炎的老毛病犯了，疼得晚上睡不着觉，没有一点食欲，受罪啊。这会儿迷迷糊糊的，想是睡着了。我蹑手蹑脚在保姆的带领下进了他的房间。进门着实吓了一跳，原本结实的身子骨，这下躺在床上已经动弹不得，面色憔悴，白发稀疏杂乱地贴着头皮，原先的神采全不见了。我在床边的椅子上坐下，保姆为我倒了茶，我喝着茶水

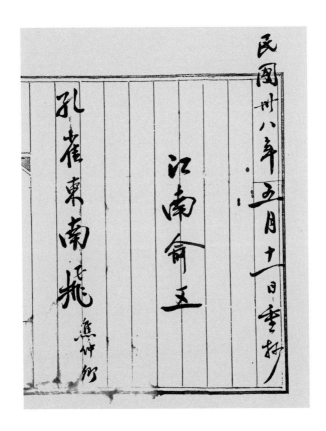

俞振飞重抄《孔雀东南飞》七页选一

望着他，感受着整个屋子弥漫着的药片味道。约莫半小时样子，他渐渐恢复了些精神。靠了保姆的搀扶，他勉强坐起靠向了床头。程砚秋的《金锁记》有句"未开言思往事慢慢细讲"，可是我担心他今天是讲不动了。似此星辰非昨日，他衰弱的样子让我难受。在他的吩咐下，他家里人交给我一叠纸，我一望便知是那件俞老手抄的《孔雀东南飞》，三年了，如此倾心之物，我一直铭记在心。他说："你拿去吧。这真的是件宝贝。"并关照我，不要告诉别人他是谁，我答应了他。

这几天书商朋友卖给我两张俞振飞的老照片，一张是俞振飞、马连良、张君秋三人的合影，另一张是俞振飞和欧阳予倩。说起来是1948年时候的事了。那时的上海局势动荡不安，黄金大戏院的经理孙兰亭眼见剧院越发冷落不济，便邀了俞振飞、马连良和张君秋一起去香港演出碰碰运气。他们在1948年底到达香港，起初营业尚可，没过多久又撑不下去了。为了弥补损失，俞振飞、马连良、张君秋为香港一家影业公司拍起了戏曲电影，俞振飞和张君秋拍了《玉堂春》，马连良与张君秋拍了《打渔杀家》《梅龙镇》，马连良单独拍了《借东

左起：俞振飞、马连良、张君秋，1949 年初摄于香港

- | -

风》，共四部，担任艺术顾问的是戏剧家欧阳予倩。俞振飞在1981年致友人的信中曾言及此事："我和他（张君秋）从四八年起一同去香港演出（另外还有连良），那次演戏之外还拍了《三堂会审》电影纪录片。在会审旦角慢板过门中，把头次进院，二次进院，三次进院以及关王庙等，都在电影表现出来，当时是欧阳予倩的点子。"俞振飞与欧阳予倩的这张照片用的是普通照相纸，与马连良、张君秋那张合影的背后按了明信片的格式印了线条，可称为明信片。民国时流行此类定制的明信片，人像摄影在当时较为普及，人们将自己喜爱的照片做成明信片后直接写上地址寄给自己的亲人或者朋友们作纪念，省去了装信封的步骤。据说在港定制的这张照片明信片数量不超过一百张。

这两张照片推算摄于1949年一二月间，因为1949年2月，俞振飞得知解放军已在南下，就从香港回到了上海。在俞振飞回到上海的两个月后，4月28日至5月27日，俞振飞与李玉茹携多位京昆演员在中国大戏院演出，麒麟童恰遇母亲病逝退出了演出，剩下他与李玉茹两人挂头牌，这次演出的剧目中有《孔雀东南飞》，老先生三年前所说俞老"现背词""打强心针"应该是在这次演出上了，便有了这份珍贵的《孔雀东南飞》重抄本。

2016年

赵景深旧事

天申奶奶在世时，有天她把我叫去，让我帮着从拥挤的书橱里找一本《粟庐曲谱》，说曲社一位年轻的曲友来跟她借了要读一读。老太太向来古道热心肠，曲社里曲友们的请求，她从没有不答应的，哪怕写信为我跟她的四阿姨张充和求字，不过这次倒顶真了：这套曲谱她藏了多种版本，老的线装不好借，俞振飞签了名的不好借，自己做过修改的不好借，此三种外皆可。我翻出一本崭新的香港版递给她问她如何，她拿在手里翻了两页，忽然皱皱眉头说，赵景深什么时候写了字了。我凑过去看，扉页上果然歪歪扭扭竖了两行字："供天申曲友学习。赵景深赠。""伊个字哪能写得介难看。"老太太蹦出这一句。

赵景深是昆曲迷，年轻时正儿八经跟昆曲传字辈的老先生学过戏，学唱学身段，一样不落，更为昆曲的传承和推广做了不少工作。天申奶奶从小喜欢昆曲，是上海昆曲研习社的首批社员，介绍人正是赵景深，那会儿他们常在一起参加曲会唱曲子，所以对赵景深比较熟悉。老太太随即聊起赵景深一段趣事，说以前赵景深和俞振飞演《狮吼记·跪池》，赵先生演的苏东坡，俞老是陈季常，按剧情，苏东坡在被凶巴巴的柳氏骂了一通后，吓得逃到椅子后边去，没想赵景深近视眼，视线模糊，动作一着急，一下子让椅子绊倒在了台上，台下以为赵先生演得认真生动，意外地来了个满堂彩。我之后在俞振飞年谱中找到关于这次演出的简单记载，时间在1943年11月19日，演柳氏的是传字辈名角朱传铭。

我告诉老太太，其实我看过几封赵景深上世纪八十年代写给友人的书信，与《粟庐曲谱》上的字一样，既小且丑，像一条条被挖出泥土的小蚯蚓在乱动弹，不仅"介难看"，而且难辨认。老太太把手里的曲谱合上，让我放回柜子，叹口气跟我道出了原委。原来赵景深晚年深受帕金森之苦，才会把字越写越小，越写越难看："有回在他家里唱曲子，赵先生开心来得要唱，可是手抖把谱子掉在了地上，我上去帮他捡起来然后给他当了个书架子。"她说。

最近见到三封赵景深的毛笔信，分别写于上世纪四五十年代，信上的字竟然好看得不得了，既小且美。上世纪四五十年代，赵景深正值中年，矮矮胖胖，戴副眼镜，一身富态，让人很难和这三页信上的字产生联系，我主观盲目地妄断这不合情理，就像赵景深说他自己不识茅盾前，觉得茅盾该是个高高大大的汉子，否则写不出《幻灭》《动摇》《追求》如此伟大的三部曲，然而见了他，以为认错了人，茅盾怎么比他还矮、还小、还近视？但一切就是那么真实。

赵景深有位好朋友徐调孚，是商务印书馆的名编辑，他曾在给柯灵的信中谈到几位作家的字，在他眼里，"老舍的字端正朴厚"，茅盾的字"瘦削琐小，极像他的人体"，"郑振铎的钢笔字原稿，固然乌里乌糟，人家见了喊头痛，但他的毛笔字，说句上海话，写得真崭呢！"沈从文"临摹草书，极有成就，他的毛笔字极现飞舞之姿"，俞平伯的楷书"有平原之刚，而复兼具钟繇之丽，精美绝伦"，朱自清的字"拘谨朴素，一如其人"，"叶绍钧楷书温润平正，深得率更三昧"，丰子恺的字"颇有北魏风度，只惜笔力犹欠遒劲"，乌鸦主义的曹聚仁的稿子，"只见一团墨黑，真像一只乌鸦！"赵景深的字则是"摇曳多姿，似出闺秀之手"。老太太一定高兴我有福消受这份视觉的恩惠，笺上的墨痕活脱脱昆曲里的柳梦梅杜丽娘、潘必正陈妙常，典雅温婉。我想这与他热爱昆曲是有关联的，细笔游丝，宛如昆曲行腔若即若离。这字和他的文风又颇为相似，清丽婉约，浓浓的浪漫主义，可谓处处见风流，处处见风情。

这三封信都是写给张仲锐的。张仲锐是张次溪，史学家、方志学家，出版过《人民首都的天桥》《李大钊传》《北京岭南文物志》（与叶恭绰合编）等书。1951年8月13日一封赵景深问他的仲锐兄《人民首都的天桥》何时再版，他的序会赶得及奉上，也请张仲锐在《李大钊传》出版时一定赠他一本读一读，凭着数十年出版人的直觉，赵景深认为"此书当比天桥更好销"。

另两封信的日期在新中国成立前，内容以约稿为主。1948年9月1日那封上说："仲锐同志：来书诵悉。弟在此编'俗文学'，恳赐大稿，以光篇幅。蔡省吾先生稿嘱作序，当为写述。全书既仅一万数千字，请将该稿前二类赐刊俗文学如何？后二类亦盼一并寄下。'梨园世家'亦盼赐寄。均须挂号。否则仍照以前办法，由兄寄草样与弟，再由弟读后作序寄上。因凭空作文，虽有目录，终嫌隔靴搔不着痒处也。来稿每篇文字数以不过六千字为合用。"据说赵景深做编辑约稿子很有一套，他编《青年界》有回跟老舍约稿子，信上大书一个"赵"字，用红笔圈了起来，旁边加注："老赵被困，请发救兵（小说也）"。老舍回信："元帅发来紧急令，内无粮草外无兵！小将提枪上了马，青年界上走一程。呔！马来！参见元帅。带来多少人马？两千来个字，还都是老弱残兵！后帐休息！得令！正是：旌旗明日月，杀气满山头！"两人一来一往，十分有趣，这封写给张仲锐的倒显得平实了。

1948年10月19日的信上说："来书诵悉。拙序撰就奉寄。闲园佚稿遵嘱寄北平烂漫胡同四十九号……"2013年我在北京念书，时时空了在北京的各

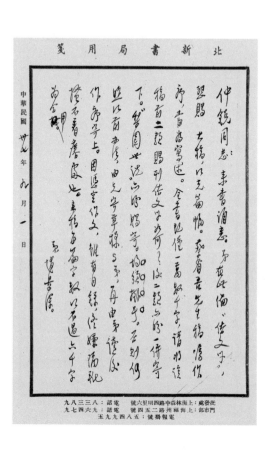

北新書局用箋

仲銳同志：

　　來書誦悉。承並代撰文字，

望賜大稿，以充篇幅。弟意吾先生稿擬作

序，吾書為寫述。全書迄僅一萬數千字，諸如後

稿前二篇照刊佈文如何？此二篇似約一萬字

下。弟圖世遜之照贈等，均須抄手。否則仍

此本即為由之序章稿數多，再由弟謄及

作序等上。因撰寫作文，既有目錄，倖嫌冗紙

陸石君摩家也。如稿本萬字數以不過六千字

為合期。

順頌

撰祺

中華民國 廿七 年 九 月 一 日

趙景深

批登處：上海森林中路四明里六號　電話：三八三八九
門市部：上海顧州路二五四號　電話：九六四七九
電報掛號：五八四九五

赵景深致张仲锐书信一

仲銳兄：

　　來書誦悉。拙作證諸壽字。囘圍佳構遙
唯字爲拘束拘固四聲平。
對圍人名多為寫宜拈固志之事。故於兩層之
芳語。能暢意㦯加刪削。㦯半多辜意㫄二刪去
伸者既窗付之棗梨。又毫无㦯……
最後之八伯及長壽等印奉首悉曲折而謂
之。故輩新作迦。……
……曲折抆悖……
……文史報沿粘停刪。大結構矣已……半壽遠孚比
平。謹草複啟。

　　　　　　　　　　　弟趙書深。

中華民國　卄　年　十　月　九　日

電話：八三三八九
北發處：上海林森中路四門六號
門市部：上海福州路二五四號　電話：九六四七九
電報掛號：五八四九九五

赵景深致张仲锐书信二

－｜－

48　｜

个胡同闲逛，那天在北三条进了程砚秋故居，恰逢内部整修，狼藉一地，因是民居，门口没人阻拦，我在院子内随意走动，在棵大树前我被装修工拦了下来，差些被当作小偷赶了出去，之后这"烂漫胡同"也是去走过一回的。

张仲锐出生在东莞，从小在北京长大，烂漫胡同曾经称为烂庙胡同，另有叫烂面胡同的。旧时会馆林立，这条胡同就有六座，自北往南，有济南会馆、湖南会馆、常熟会馆、湘江会馆、东莞会馆和汉中会馆，"烂漫胡同四十九号"是东莞会馆，张仲锐长居在此，直到病逝。如今这条古老的胡同是北京城里的"烂漫胡同"，名字好听，却毫无烂漫可言，随处一个个"拆"字写在了破败不堪的砖墙上，珍重地等待着它的春风。而赵景深寄去的是张仲锐所求为蔡省吾文稿写的序言。蔡省吾是闲园菊农，闲园佚稿正是蔡省吾的文稿《北京艺人小志》，这部至今未刊稿，不知它的春风又会何时到来？

写这三封信的时候，赵景深仍然在北新书局当总编辑，住在林森中路四明里六号。林森中路即今天的淮海中路，四明里则早已拆除。1951年，赵景深辞去北新的职务，专心去复旦大学教书了；1957年，赵景深与曲友们成立上海昆曲研习社，由众人推为社长。

2017年

铁铮先生

有好长一段时间没和铁铮老师联系了，不知怎的，这些日子突然想起他。有五年了，那时候因为编辑《俞振飞书信集》和这位老人结下缘分。台湾"中央大学"戏曲陈列室收藏有不少他捐赠的俞振飞书信和昆曲文献，那时陈列室的工作人员佩怡为我提供了铁铮老师的联络方式，说只要宋先生同意，资料可以随时使用。第二天，我贸然给久居国外的铁铮老师拨去了电话，老人接起电话，听明来意后甚为热情，立时与"中央大学"做了沟通，这意外为"中央大学"与我一起历经四年编辑出版俞老这本书做了铺垫。

老人今年七十多了，1999年中风，落下右半身偏瘫、声带麻痹的毛病，2001年又患心肌梗死，心脏停跳，鬼门关匆匆走了一遭，自此一切放下，该捐的捐，该扔的扔，少了牵挂，由家人送去了国外颐养天年。有一回他寄我两张相片，说彼此认个脸。相片的背景一是片蔚蓝色的大海，老人头戴一顶蓝色的棒球帽，身穿一件蓝色的衬衫，手里握着一本记者的自传，封面恰也是一片天空的蔚蓝，老人微微笑着，看起来那样清澈、那样平静。他说他的住所靠着海，空气澄清，没有严寒没有酷暑，没有梅雨没有台风，难得听到一次打雷，那是上天对他的眷顾了。

铁铮老师是位昆曲工作者，早先随叶仰曦学的戏较多一些。叶先生是溥侗的学生，昆曲、书画尽得红豆馆主风流，是上世纪七十年代后期第一批允许在荣宝斋出售书画作品的画家之一。铁铮老师跟老师学戏，见过他的小书桌旁贴着这样一句话："抑知昆腔误我我误丹青。"《牡丹亭》里有句唱词，"似这等花花草草由人恋，生生死死随人愿，便酸酸楚楚无人怨"，写尽每一位昆曲人的执念，未必高贵，确是心甘。铁铮老师同样坚守着这样一份执念，年轻时弃医就艺，大半辈子就这么走了过来。我接触昆曲的时间比较晚，二十九岁时欣赏了第一出昆曲演出才发现好，之前总认为那是老太太们打发时间的娱乐。1956年11月"南北昆曲会演"那会儿，他刚刚是个高中生，凭着每天不吃早餐和午后的点心省下的三角钱，够买到长江剧场最后一排的座位："没有车钱，幸好我在学校锻炼竞走和长跑，从铜仁路到国际饭店，来回全靠走。看演出的十多天日子，我都是省下饭钱的。"他说。为此他总担心看戏会成为我一个很大的经济负担。

《长生殿》"闻铃"是这位戏迷的开蒙戏，当时学戏沿用着火柴棍的老方式，满宫满调地每唱念一遍放一根火柴棍，有了十根火柴棍，就从一侧逐根移往另一侧，大概要唱七八十遍。1964年冬天，北方昆剧院在北京音乐厅举办了一场昆曲音乐会，他作为男声独唱，演唱了"闻铃"的最后一段，之后北京电台邀他录了整出"闻铃"，并制作了密纹唱片，待到将要发行偏偏赶上了"文革"。"革命小将们"没有客气，将唱片模型和钢丝录音全部毁去，老人每忆及此事无比痛心。

北京有家昆曲爱好者的社团，北京昆曲研习社，1956年在俞平伯、张允和等人的发起下成立的，社里有位袁敏萱，大家称为"袁二小姐"，至今身边几位朋友提起她还亲切地称呼她"二姑"。"袁二小姐"对这位后辈倍加欣赏，给俞振飞写了信，说北京有位上海来的青年叫宋铁铮，很崇拜他，有机会要请五爷给他说说戏。俞振飞其实知道宋铁铮，早年在名医顾森柏家里见过，那时的上海成都路顾家是上海京剧票友常常聚会的地方，铁铮老师去调嗓子，俞振飞让他有空去华山路戏校看昆曲班学生的演出。到1963年4月，铁铮老师终于在北京位于南河沿大街的欧美同学会拜俞振飞为师了。此时的铁铮老师是北方昆剧院的专业演员，拜师后，昆剧院让他在俞老留京期间多陪陪老师、照顾老师。铁铮老师演的《太白醉写》原是由昆曲"全福班"前辈沈盘生老先生所教，这回俞振飞为他细细打磨，亲自做身段示范，叮嘱他要注意醉态的变化情绪。那天正说着戏，朱家溍来了，由于房间小走不开，俞振飞乘兴将课堂移入了花园。朱先生于是随铁铮老师一起学了起来，俞振飞示范一段，两人便学做一遍。如此几天，朱先生开心地说："我们都是俞老的学生，我们是师兄弟。""文革"后俞振飞北上的机会比较多，开政协会、文代会，或率院团北上演出，每次去少不了给铁铮老师一个消息，告诉他暂住的地址，他喜欢这位学生陪着他。俞老和蕾华老师习惯了晚睡晚起，所以他们俩的早餐券，成了小徒弟的大餐。

新中国成立后，恭王府的花园成了机关宿舍，府邸成了中国音乐学院和艺术研究院等单位共同使用的办公室。铁铮老师自1976年调入艺术研究院工作，一住便是十九年，工作了二十五年。最初分配住在原来音乐学院的一间琴楼，这个楼能抗八级地震，唐山大地震时他在屋里睡得正香，忽然身子被震得弹了起来。恭王府花园内存有一个大戏台，1979年北京昆曲研习社恢复活动，缘由他的介绍，曲社开始每周日在"嘉乐堂"原音乐学院加建的舞台上、下和堂前院子进行活动。朱家溍偶尔骑着他那辆1947年买的英国凤头牌自行车来参加活动，他与朱先生极投缘，两人同为昆曲社社委，相佐相助二十多年，朱先生称呼他铁铮老弟。朱先生曾被冤屈"偷盗故宫文物"蹲了几年大牢，结果查明不但是错案，而且只有他家捐赠给国家文物。朱先生觉得庆幸，对老朋友说，他从来没有拿过故宫的一草一木，蹲监狱很好，躲过了"反右"的灾难，如果不在监狱，以他的出身，肯定是"右派"。

铁铮先生、刘长瑜演完《太白醉写》谢幕时与俞振飞、李蔷华等合影

- | -

铁铮老师说，有段时间他为曲社联系了周日借恭王府礼堂活动，有一位老先生总是坐在观众席一角默默地看排练，后来有人告诉他这正是大名鼎鼎的张伯驹，他就去跟他问候。张先生客气，老说好。结束时他一直将张先生送到大门口，有一位年轻人骑车来接张先生，把他扶上后座。看着他们缓缓在夕阳下越来越远，铁铮老师慨叹民国四大公子之一晚年惨淡如此，百年世事真的不胜悲了。好在好好先生的衣上酒痕诗里字，点点行行，我们不曾忘记，一直挂念着。

那年过春节，老人又寄来几张照片，附信说现在没什么能送给我的了，只有几张老照片聊表心意，或许我会感兴趣。照片是他年轻时候的戏妆照：一张是《牡丹亭》里的柳梦梅，正在杜丽娘的梦里拿着柳枝唱"似水流年"；另一张与刘长瑜演完《太白醉写》，在舞台上与俞振飞、李蔷华等人一起谢幕，那扮相够儒雅够倜傥，十足俞振飞的神气。我回他信说喜欢极了。

2017年

五月里的陈伯吹童话

　　我从小生长在宝山，这个上海的最北边、靠着长江口的地方。这两天读周有光的故事，原来周先生与张家二小姐张允和的初恋就在吴淞江边，而吴淞江边可不是我和小伙伴们儿时撒野调皮的一个仙境吗？这让我觉得非常美妙。不过周有光与张允和毕竟只是吴淞江水的看客，他们为这片江水多增添了一片文化的涟漪。宝山出名的有个张家，兄妹十二人，老八张幼仪在民间似乎影响最广，因为父母包办，嫁给了嫌她是"乡下土包子"的徐志摩；有词人蒋敦复，社会学家潘光旦；有袁氏三兄弟：希濂、希洛、希涛；有一位写儿童文学的作家，陈伯吹。

　　缘由学生时代读过陈伯吹的童话故事，这些人物中，我于他印象较深，近几年每逢清明去陵园祭扫祖辈，一定在同一陵园内他的墓碑前鞠躬，望一望离墓碑数步之外他的雕像。伯吹先生是宝山罗店镇人，罗店镇有所一百多年历史的学校罗阳小学，他在那里度过了小学时代。我有张在那所学校拍的相片，才上幼儿园，我和许多小朋友站在操场的领奖台前，脸上抹着红红的粉，身上穿着漂亮的衣服，手上捧着玩具。我蒙昧地沾沾自喜，或与百年前的伯吹先生同立一处。

作为一名儿童文学作家，陈伯吹的文名或许不如沈雁冰，不如郁达夫，不如巴金等新文学作家那么绚烂。从来儿童文学难写，因为对象是儿童，既需浅显易懂，又要富趣味。小孩子天性好玩多动，书本无味，自然不愿读了。鲁迅认为孩子是可以敬服的，"惟其幼小，所以希望就正在这一面"。偏偏好的儿童读物三三两两，好的儿童作家寥若晨星。鲁迅在《表·译者的话》中写："十来年前，叶绍钧先生的《稻草人》是给中国的童话开了一条自己创作的路。"这以后，为儿童文学默默耕耘的，伯吹先生是为数戋戋者之一。从写童话，到做编辑；从北新书局，到少年儿童出版社；从《阿丽思小姐》，到《幻想张着彩色的翅膀》，伯吹先生童心常在，似月中丹桂，自风霜难老，七十多年潜心经营，苦心孤诣，可敬可贵！他说自己学写儿童文学，从而热爱儿童文学，是为了孩子们，是工作上的需要，又是感情上的激发，兴趣上的满足，思想上的安慰。及至晚年疲于为他人小说文集写序言时，他亦"总想跳出这一'牢笼'，能为少儿读物说说话，甚至写点什么"。

前两年我从天津买来几封陈先生上世纪六十年代与林呐的往来书信。林呐是作家，是天津百花文艺出版社的创社社长，两人的友情似乎很深。有封林呐写给陈先生的信里说："……虽然无缘相晤，但却未因此疏远我们的友情。前年你赠我的那张玲珑的贺年卡，至今还在我的玻璃板下，每次看到它，你那热情、勤奋，甚至带点秀才气的形象立刻就会活现在我的面前，伯吹同志，多想看到你啊。"

第一封陈先生写给林呐的信的内容大致为他对1960年《人民文学》5月号中两篇批评他的《儿童文学简论》的文章的不同看法。老前辈豌豆大的毛笔字纤秀细腻，却像《彩楼记·评雪辨踪》里吕蒙正家门前雪地上的足印，沉重心绪落满纸笺。是什么使陈先生如此沉重？
《陈伯吹传》（苏叔迁著，中共党史出版社，356页）中有
简单的论述："1960年春天，陈伯吹又回到了上海，在上
海漕河泾深入生活。不料在红五月里，他被作为资产阶
级'童心论'的代表人物进行'批判'。会上不让他说话
和答辩。'批判'会开了三次，开不下去了，不了了之。
会后第三天，他偕同夫人吴鸿志到西湖、莫干山去游览。
他是不习惯闲下来无事去游览的人，玩了两天后便回来。
他在这场'莫须有'的冲击面前，没有灰心丧气，表现
了他那'外柔内刚'的性格，他正确地对待同志的批评，
继续为党的儿童文学事业辛勤地采花酿蜜。"

　　信是1960年5月22日晚写的，这突如其来的两篇
批判文章，让伯吹先生两夜未阖眼，承受了巨大的精神
压力。信中说，当他第三天借来原书，对照着批评的文
字竟发现了很多处"阉割原文，歪曲原意，来'断章取
义'式地批评"，例如：

　　　　前者篇中，批评者举出我写的"……高度的
　　艺术性往往体现了高度的思想性……"（见71页左

栏中）后，阉割了后面更重要的两句。（见原书7页倒6行）又，关于"儿童文学主要是写儿童"这点，是作为读者询问问题而回答的，不是作为方向性来提的，而且说得很多，还相当辩证。（见原书24—29页）又，关于"儿童文学特殊论"，乃是批评者的创作。（见71页）我所说的是"儿童文学的特点——它的特殊性"，（见原书20—24页；29—30页）是不同性质的，是不是有点儿"张冠李戴"？……

后者篇中，批评者歪曲原意更大。例如他指出我在童话理论上主要的两点错误是：写童话可以凭作者幻想随意写；和主张童话不要教训。（见75页）可是我在写"童话"时，一开始就肯定要生活，（见原书58页末行；59页末二行；63页2—3行；以及其他很多地方）而对"幻想"的看法专门写了一节，（见原书64—68页）对"教育作用"又专门写了一节。（见原书69—71页）是批评者不理解我的说法呢？还是我认识不够而主观主义地坚持错误？

陈先生的看法是："这两篇批判文章，在引述被批判者的说法时，均不注明原书页码，以致要在三百多页、二百多万字中找出原句来，是相当吃力的。连我自己写的人，有的因写在1956、1957年的，也不易找出来，读者们更困难了。如果光看批评文字，没看过原书的，不是'有的放矢'的批评，也会给党的事业带来了损失的！"显然他的情绪颇为激动，对于批判之文是有微词的。

林呐尚未作复，6月5日陈伯吹写出了第二封信，此刻他的心境平静了一些：

　　大概在五月二十日前后，写过一封信给您，其时刚读到批评文章，又有报刊退回了原本说定要刊用的稿子，信写得比较激动。

　　看来认识错误也需要有个过程，一下子是想不通的，尽管批评文章所摘引的，在若干地方确和原书有出入，但他们的论点是正确的，批评的精神是好的，如果从这方面去认识就不会太激动了。每个人设身处地，总也难免，不过程度上不同罢了。

林呐同志：

您好！几个月前就曾读到您寄来，此前读报上连载的《午夜时钟》等，颇有余音萦绕之意。里的一些句子佩服之意。十分钦敬您在万忙中还能写出好作品来！

五月十四日，连续读编辑部出版批判散文集，一支小令唱队（？）寄来，请早收到：只是迟三天，我没想到寄迟了。为什么？

您大概已经读到五月号《人民文学》中那篇批评我的《毫章文学》前论的好文章了吧？我由对您一向支持爱护帮助，对此也一直关心着这件事吧？我看了这篇荷之章后，心陵十分饱意，有两夜未阖眼。曾经向作协领导方面汇报了这件事，并证明要作者检讨。

小朋友杂志社

陈伯吹致林呐书信五页选一

陈伯吹致林呐书信五页选二

这封信后，林呐在 6 月 15 日给老朋友回了一封长信，他说读了那两篇文章，精神是紧张的，心情却并非不快，因为他认为："党和同志们对儿童文学的理论与作品更加关心了，不难预感，随着生产和各项事业的大跃进，文学园地的儿童文学之花将会开得更加美丽。"他也坦言，陈先生的第一封信令他心情同样沉重，甚至还有点乱，随即向陈先生表示了他的态度："现在争论的是关于儿童文学的方向问题，亦即道路问题，无疑这是重大问题，应该严肃、认真地把是非曲直弄清楚，可是就目前对我们个人来讲，想清提高认识、分辨是非的阻力、对待批评的态度问题，也是刻不容缓的。"

我深信林呐是真诚的，但面对那个特殊的时期特殊的环境，他的回信更多地吐露着对老友的宽慰。陈先生的信不过是反映了陈先生面对山雨倾泻而来的心情变化，他内心痛苦、挣扎，作为一介书生，无能为力，好在批判来得突然去得突然，据说陈先生到晚年都没真正弄清楚。1961 年 11 月 7 日他致林呐信中的一段话，或许能作为他对那次批判的一个小结："去年的事，承各方面同志们的关怀，领导方面也对我说明，得到了极大的支持与鼓励。我应该虚心地'有则改之，无则加勉'，更好地为人民、为少年儿童服务。在当时，您的信也给了我很多的帮助，一直惦记着，感谢不忘。过去经常得到您和社内同志的支持、帮助，今后仍然请求你们的支持、帮助，让我把工作做得更好。"他说。

"世事漫随流水，算来一梦浮生"。半个多世纪悄然过去，值得庆幸，伯吹先生真的为我们留下了太多儿童文学的好文字，让我们当年这群小不点在吴淞江边撒野调皮后，晚上能读着他的童话安然入梦。这几夜我翻出《阿丽思小姐》《一只想飞的猫》《骆驼寻宝记》，又读得入迷，尤盼时光再来，和同学们重新聚在一个课堂，念书写作业吃零食，说悄悄话递纸条勾老师的八字眉；看同桌画一只猫，偷偷为我画一只老鼠，随后欣欣然去到伯吹先生的童话故事，做一做童话故事里的小主角。年少的时光，真好。

2017年

俞平伯的水磨调

　　我有一本《振飞曲谱》，上海音乐出版社1982年7月出版，墨绿色的封面衬着国画家唐云先生的兰花，寥寥数笔绘出了婀娜花姿碧叶长、风来难隐谷中香的幽韵。兰花右侧唐先生洒脱玲珑地题了四个字，"振飞曲谱"。书是曲友小钱八九年前赠我的，他说初识昆曲哪能没这一本装门面，何况是1982年的初版，稀有得很。那时候我将它奉为至宝，天天藏在背包内，稍有空闲便取出细细翻读、轻轻研唱，从来不舍得在书上写一个字做一个记号，所以至今除了封面微微磨损，内页依然干净得像唐先生的兰花。

　　曲谱开篇文字是俞平伯先生写的序文，据说这篇序文原先邀约的是叶圣陶，因其时叶老多病力不从心，平伯先生为叶圣陶代拟了一首《浣溪沙》，再由叶圣陶毛笔书写应老友之情："鸣鹤相和后转妍，一丝萦曳几回旋，怀庭余韵快流传。以爱闻歌成凤好，还欣度曲有新编，南天星朗八旬年。"我的前辈宋铁铮先生前些日子刚刚过世，当年他还是个四十岁的青年，后经他与好友、王伯祥之子王湜华商量，转请了俞平伯先生来为曲谱写序。平伯先生谦卑，说自己"力不能题，而情不能却，只得勉为之"，却认认真真大费了一番心思，与叶圣陶书信往还大半个月，对序文反复推敲斟酌的文字不知胜过最终千字不到的定稿多少倍。有意思的是，待曲谱出版，老人家倒不称心起来了。

昆曲曲谱传统的记谱形式为工尺谱，以"上尺工凡六五乙"等代表了不同的音阶，俞振飞认为这种方式不利于昆曲的普及，遂将《振飞曲谱》译为了简谱。愚钝如我，曲社的老先生们认真教我识过几回工尺谱，他们唱一遍，我跟一遍，可我始终混混沌沌、难以亲近，简谱是从小学的，看得明白，着实得心应口。前些年买过一套《张充和手抄昆曲谱》，充和先生一手典雅的毛笔字书写的昆曲唱词，每个字的边上斜斜一行工尺谱，美得像曲中丽人，现在只让我当了法书藏本来摆设。虽说平伯先生在序文中对于曲谱的简谱化表示理解，为了易于青年学习，为了昆曲的前途，不过毕竟是老昆曲人，内里似乎是有些抵触的。1935年1月，他在清华大学成立了昆曲业余团体"谷音社"，1956年8月成立了北京昆曲研习社，他与夫人许宝驯一人吟唱、一人司鼓，妇唱夫随大半个世纪，必定看惯了工尺谱，积习早已难改，由不得他对叶圣陶说："都译为简谱，得之亦不能按节而歌。"

曲谱序中第二段有一句："弦索调乃元曲之遗，用七音阶，至明中叶尚存，其后寝衰，亦以水磨调法奏之，而仍用二变声，南北曲遂合，称为昆腔昆曲，而磨调之名转微。"出版时编辑粗心将"亦以水磨调法奏之"中的"调"字遗漏了，一般读者或许并不注意，顶真的俞先生却非常不悦，他苦笑着对友人说："这'水磨法'，不成了水磨粉、水磨汤团了吗？"还在信中跟老朋友叶圣陶抱怨："'曲谱'序文以周（周颖南）藏写本为正，其他则听之，亦不拟函知振飞。"

昆曲素有"水磨调"之称，缘由四百多年前曲圣魏良辅清柔宛转的歌声，似美人临风轻叹，如少年踏月低吟，时人叹为了"水磨调"。俞平伯先生这样解释"水磨"的意义："吴下红木作打磨家具，工序颇繁，最后以木贼草蘸水而磨之，故极其细致滑润，俗曰水磨工夫……"明代戏曲声律家沈宠绥有本曲学专著《度曲须知》，其中写道："嘉隆间，有豫章魏良辅者，流寓娄东鹿城之间，生而审音，愤南曲之讹陋也，尽洗乖声，别开堂奥，调用水磨，拍捱冷板，声则平上去入之婉协，字则头腹尾音之毕匀，功深镕琢，气无烟火，启口轻圆，收音纯细……""调用水磨"，看来"水磨"总还需要配个"调"字。这篇《振飞曲谱序》后来分别收入1983年10月上海古籍出版社为他出版的《论诗词曲杂著》、1997年11月花山文艺出版社出版的《俞平伯全集》第四卷中，文中皆有"调"字，偏偏《振飞曲谱》至今三十多年、历经数版还是俞先生口中的"水磨粉、水磨汤团"。

不止于此，1983年黄裳受天津百花文艺出版社之邀为俞平伯先生编选一本《俞平伯散文》，期间黄裳将自己所选的篇目寄给俞先生审夺。1984年1月3日，俞先生给黄裳寄去一封长信，信上说：“《振飞曲谱》手头无底本，古籍新刊本杂著内有之。弟意或可不选，以此篇全用文言，昆曲知之者少，而其书又不佳。如‘絮阁’文字不全，简谱亦不适用，而拙序勉徇作者，表示赞成，亦曲笔也。闻字数已超过，删之似属无伤，然否？……”

同是这一封信，俞先生谈到他的另一篇文章《谈虎丘剑池》：“去岁11月有小文付《浙江画报》，云将于2月刊出，底稿尚存，附博一笑，或未宜中选也……”查《俞平伯全集》，此文如俞先生所述刊发在了1985年2月的《浙江画报》上，而寄于黄裳先生的这篇底稿，我竟无意间从北京友人处买了回来。俞先生蓝色的钢笔字迹一如既往地清癯入骨，端正平实地写在了社科院的稿纸背面，落款时间1983年11月1日，末尾钤一朵小小的图章“俞平伯”，印泥同是蓝色。文章写得不长，俞先生自己也觉得似兀然而止，原打算加一段谈文中所引吴梅村《虎丘夜集》写剑池诗的文字，“以偷懒，怕啰嗦，惮‘商榷’之故”就此搁笔了。

曾听说服丧期作书人忌用红色印泥，代之为蓝色的

谈虎丘剑池　　　平伯

《大戴礼记·保傅》篇：
"越王不颐蕉家而吴人服。"
只此一句，故事不详，亦未见他方，盖别有所据而今亡
矣。北阁卢辩注曰：盖勾践也，下又云，皆得民心也。
按卢说越王为勾践，抡旧家，无法，以义推之，盖即阖闾
家。或更包括其他吴王主要的在于阖闾注谓得民心者指
此而言。吴山越水佳拍浪传此虎丘剑池，所以为千炼名胜固不
催风景之佳，若说同培埃朴水而小之，非恕乎今有也。
吴梅邨《虎丘夜集》写剑池云：

"火照灵湫暑月寒，镜埋苦雾阴崖黑，
鲁公掌窠字如斗，忠孝输国鬼神志，
群刺苦侯取不磨，手约沈冰吟立朱文。

名贤巨刻光素冤笔，明代如此岂速不可思知其为胜珂，
固无恙也。余浙人而生长于苏，于吴越并有桑梓之敬，偶
捡遗闻逐暑记焉。

一九八三年十一月一日于北京。

俞平伯《谈虎丘剑池》手稿

习俗。俞夫人病逝于1982年2月7日，平伯先生在《壬戌两月日记》的跋中流露了他的悲痛："高龄久病事在定中，一朝永诀变生意外，余惊慌失措，欲哭无泪，形同木立。次晨即火葬，人去楼空，六十四年夫妻付之南柯一梦……"1983年1月16日，他给儿子俞润民的信中说到外孙韦奈寄来一本册页请他写些字，印章预备用那枚"腊八生日"："此印只于岁终用之，今年用蓝色。"1983年11月7日，他在写给陈从周的信中说起蓝印泥是上海一位友人为他购买的，"即附钤纸尾。此种印色，拟用至来年二月，以后作为文房闲玩。"从1982年2月7日到1984年2月，可知平伯先生为夫人服丧两年，蓝色印泥无疑是溅泪的花、惊心的鸟，寄托着他对夫人难掩的哀思和无尽的想念。

这本由黄裳编选的《俞平伯散文》在1985年5月面世，按平伯先生的意见，除去了《振飞曲谱序》，末尾一篇是《谈虎丘剑池》。

俞振飞的学生、著名昆曲表演艺术家蔡正仁先生认为《振飞曲谱》的问世对昆曲的推广起到了巨大的作用。"现在，无论是在我国的内地及香港、台湾等地区，还是在美国、日本等国家，《振飞曲谱》已几乎成了昆曲爱好者的'珍本'，我想，俞老泉下有知，一定会喜笑颜开的。"他说。其实无论工尺谱、无论简谱，因为这些谱子，昆曲至今得以口口相传、灯灯递续，这是最为可贵的。而每回打开这本曲谱读到这篇序，每回打开书柜见到这篇手稿上的蓝色印章，时光瞬间仿佛倒流，老君堂一切无恙，悠扬的笛音、缠绵的水磨调在耳畔低回不尽。

2018年

时间的痕迹

一

我小心触摸着周有光先生生前这只上海牌手表，虽然它早已停止了转动。手表是上世纪七十年代张允和在北京前门商业大厦为周老购买的，四十年了，定格的那一分那一秒，不知珍藏了多少温暖的记忆。

二

周有光先生与张允和相识在苏州，两人差三岁。周老妹妹周俊人是张允和乐益女中的同学，两家距离近，张允和常常串了门找周俊人玩儿。时日一久张允和与周先生相熟了。逢到假期，两家孩子结伴出游，从阊门到虎丘，从虎丘到东山，走过很多路、越过很多河，他们骑车，他们坐船，甚至骑驴。由于张允和的家与学校是相连在一起的，有光先生往往一早便和妹妹跑去了张家，所以张家父母早早认识了周有光，对这位青年书生印象极佳。那时有人上门为张允和提亲，张先生开通，主张婚姻自由，说婚姻让他们自由决定，父母不管。

上海宝山靠近吴淞口的地方当年有所中国公学，学校取意"中国人公有之学校"，创办于1906年，1910年10月迁入位于今天永清路东侧、水产路南侧的新校区。虽然时局的动荡让中国公学挣扎着停停办办、办办停停，但它在中国近代教育史上依然有着独特的历史地位。1951年12月，担任过1928年4月到1930年5月中国公学校长的胡适在中国公学的校友会上谈到中国公学时认为，"它的光荣、它的价值，将是不朽的、崇高的"。

张允和与她的妹妹张兆和1927年作为第一批女生共同考入了这所中国公学预科，不同的是，张兆和从预科一直读到了毕业，张允和读完预科和一年的"新鲜生"，第三年大二转入了上海光华大学，只是这短短两年，张允和收获了一个周有光。

那会儿有光先生刚刚从上海光华大学毕业，空了常常来宝山见他的心上人。他给她写了第一封信。她拿着这封信吓坏了，六神无主地给同学胡素珍看，让她定主意。胡素珍说："嘿，这有什么稀奇，人家规规矩矩写信给你，你不写回信反而不好。"就这样，他们开始通起了信。"再见面时，我和他都没有了以前的自然，一阵淡淡的羞涩罩上了脸颊……"张允和说。最初有光先生来中国公学，张允和总是矜持地在宿舍东躲西藏，嘱咐舍监："张小姐不在家。"周有光不得不怅然而归，这样次数多了，到1928年秋季一个星期天的吴淞江边，蓝蓝的天、甜甜的水、飘飘的人、软软的石头，才子佳人终于羞答答牵起了手，从此欢欢乐乐、风风雨雨、七十多年。那一刻，张允和八十岁时仍然记忆犹新，她深情地写下了一篇《温柔的防浪石堤》，起先有光先生不让张允和发表，家里人问为什么，他的脸微微泛红："多不好意思。"说着话羞涩地低下了头去，后来只勉强同意刊发在他们的家庭杂志《水》上。

2002年8月14日，张允和心脏病突发去世，医生为她抢救时，周老守候在她的身旁，紧紧握着她的手，数着她的脉搏，直到她脆弱的身体失去最后一丝体温。他将她的骨灰埋在了北京门头沟观涧台的一棵枫树根下。她曾对他说，最喜欢由绿叶变成红花的枫叶。

三

作为宝山人，我关注着和故乡相关的人与事，他们与宝山的邂逅，涌起我内心的波澜，甚至自豪，所以感谢我的朋友老冯，让我读到了周老111岁高龄时写下的这些珍贵稿件。前两年朋友经老作家屠岸介绍认识了周有光先生。屠先生说，"周有光是我的表哥"，这让朋友大为意外，当他拿着屠先生的字条敲开周老家大门时，同样涌起了内心的波澜，可是眼前的老人平易和蔼极了，与他风声雨声读书声无声不闻，家事国事天下事无事不论。自此他成了周老家的常客，进而成为忘年交。周老信任这位比自己小了六十多岁的朋友，正是缘由他的建议，周老断断续续，用颤抖的笔触追忆起了张允和，于是有了《张允和送的手表》《旧扇记》《锡炉记》……张允和的去世曾给周老带来巨大的精神打击，慢慢地，隔了半年才恢复平稳。他对屠岸说："人的死亡，是为后来者腾出生存空间，使人类在世界上生生不息。"屠岸在给友人的信中谈到周老这句话，他称自己的表哥是人类第一"通人"，因为他的话勘破了生死的秘密，阐述了宇宙的规律："他的观点，是在生死观、人生观、宇宙观上对今天我们的最高启示，也是终极关怀。"但读起稿件中诸如此类的文字："追忆与允和的过去，回忆起举杯齐眉的日子，满目孤独，满心感伤，无言以对，泪流千行。"我想十多年前周老未必走出悲痛，伤口太深太狠，或许他只是在努力捂住伤口而已。他写道："张允和已经成为了我生命中的一部分，虽已远去，依旧在我心间。"

周老大半生起居平安，遇有顽疾小症屡屡化危为夷，他说那是上帝把他给忘了，谁能想象九十多岁时的一位老者尚能骑着家中破旧的自行车去菜市场买菜。奈何世事白云苍狗，老病到底是欺人的，忽然有一天，周老不认识老冯了，意识变得模糊不清，有时将老冯视为同事，有时视为医生，又有时视为远房亲戚，同时生活

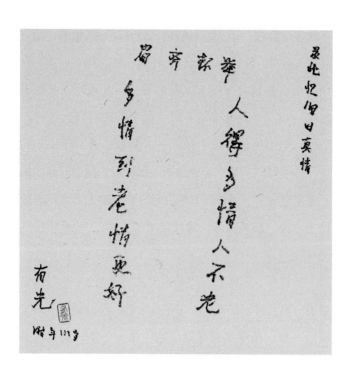

最妙忆旧日爱情

华人缠多情人不老

穿多情到老情更好

有光

附手103岁

周有光手迹

- | -

不能完全自理。让人惊讶的是，只要瞥见纸和笔，他立时进入另外一个世界，与他说任何一句话都不回应，自顾自伏在临窗的书案上默默地写，不停地写，水都不愿喝一口。老人每天精神好、能写字的时间大约两三小时，老冯去如若碰上便在一旁静静坐着，不说一句话，待他写完一幅，为他递上一张新纸。偶尔写累了搁下笔望望窗外，融融暖日映在他沧桑的脸上。老冯说他目光冷漠、眼神深邃，像棵临风的古树，"我看得悲欣交集"。

2017年1月14日，周老在度过自己112岁生日的第二天与世长辞。那几天老冯正逢出差，没有赶上见周老最后一面，他觉得很难过。这一晃，一年转眼就过去了。一次次翻读这几页稿件，一次次体会着这位恂恂然的书生、温温然的长者笔下蕴藉的深情，尽管文辞简单、尽管字迹没有张允和的四妹张充和写得优雅，有点漫漶，有点芜杂，还有点唠叨，但有这深情足够了，这深情是痴念、是牵挂、是落寞，这深情更触动我的心灵，无法平静。"手表虽小情意好，生命虽止真情不息"——时间终于留下了它的痕迹，这些痕迹足以感动任何一个人。周老怀念张允和的文字，有一句说："原来，人生就是一朵浪花!"吴淞口的防浪石堤、吴淞口的江水一定记得这两位九十一年前在这里手牵手的年轻人、这两朵甜蜜的浪花。

2018年

平襟亚的一封信

　　苏州的画商朋友老胡卖给我一封平襟亚的信，上世纪七十年代平襟亚写给常熟同乡丁俟斋的。丁俟斋是写诗作画的旧文人，有四卷本诗集《绿野诗草》，画学沈周、文徵明一路的山水。丁俟斋赠过平襟亚一幅画，平襟亚在信中告诉他，吴湖帆、唐云见了都夸功力不浅，笔到意到，已得绘事三昧。

　　信是老胡从丁家后人处买来的，多年了。丁俟斋过世，丁家整理遗物，觉得没用的，能卖就卖了。平襟亚给丁俟斋写这封信时，两位老人足足断雁五十多年，所谓衰暮思故友，四页笺纸上的毛笔字端端正正、干干净净，朴素的句子写尽深情和惦念："敬接还云，欣喜万状。想您我得续五十余年之旧好，倍觉亲切挚爱……"

五十多年的时光足够绵长，但他跟老朋友谈起五十多年的阴晴圆缺，文字短得仅仅几行字："吕舍是我出生之地，亦曾在该校教过一年书。一九一六年方来上海，首先卖文，正是煮字疗饥而已。直至一九二七年方从事于出版生涯；到解放以后，一九五五年方歇业，烫上了资产阶级之烙印。我深深地感到党的政策对我宽大，在一九五七年吸收我进上海市文史馆，从学习中改造我的思想，经过了十四个年头始终照顾了我的生活……"信中提到的"吕舍"在平襟亚的家乡常熟辛庄镇，"该校"是吕舍第五小学。丁俟斋曾教书育人十五年，并担任过吕舍第五小学校长。

　　平襟亚1892年出生在常熟一个穷人家里，十三岁在南货店当学徒，天天借了旁边书摊的小说，趁老板不在，把书藏在柜子的抽屉里站着偷偷看，谁料老板早已察觉，往往趁他看得出神，便取了木板子悄悄走近，朝他头上猛然一下，小伙计疼得直跳，只好扔下手里的书干活儿去。可小伙计是个小说迷了，无论如何，读小说的念头停不下来，只要老板不在跟前，立时覆辙重蹈，待到小说紧张处，那老板突然又来，木板子少不得狠狠敲在头上。这样打得多了，头顶便肿了起来。不过偷偷看书大概是许多小孩子都有的经历，调皮罢了。记得我自己在中学时的一堂语文课上，偷偷在课桌底下看闲书，那阵子迷欧美名家的诗歌，看的是莱蒙托夫诗选，正当入迷，老师走至身旁毫无提防，只听桌上"笃笃"两下，才恍然醒悟。"拿来！"老师一脸责备。我红着脸将书交到他手中，哪知他把书粗粗一翻，继而对着我身后的同学咆哮一声："拿来！"原来后桌同学与我一样在"底下"用功呢。后桌同学在看金庸武侠小说，老师对他批评一番，收了书，让同学放学后去办公室取，我的莱蒙托夫诗选则即刻珠还。"你对莱蒙托夫有多少了解？"老师问我。我颤悠悠立起身，想了想憋出一句话："莱蒙托夫死得挺早。"同学们听了纷纷笑出声来。老师并不生气，慢慢走向了讲台，说，你看吧。

五十多年里，平襟亚从小说迷变身小说家，甚至厕身鸳鸯蝴蝶派的代表作家，开了书店，办了著名的《万象》杂志，还学律师替人打官司。都说他思维灵活，有着"文人的头脑，白相人的手腕，交际家的应酬"，经营随性子，或实或虚，善于投机，在写作的范畴、出版的行当，什么赚钱做什么，不惜写庸俗小说、卖色情书，迎合小市民口味。其实一切不容易，打贫苦的小地方来到偌大的上海滩，见识听闻了十里洋场的诱惑够多了，尤其战事纷扰，生计维持时不时捉襟见肘，患得患失，或许不得已而为之吧，当个老派文人总有辛酸处。

平襟亚早年和朱鸳雏、吴虞公成立了一家小出版机构。他计划编一本求婚的情书集，很动了点心思：先请人化装成少女，拍了一张艳逸俏丽的照片登在报纸上做广告，自称某女士，是应征对象的，说明想要应征必须先寄情书，合意者再约面谈。于是一封封缠绵悱恻的情书到了他的书桌上，平襟亚从中逐一删选，如此结成了一本情书集。其中一封最肉麻的，他动了"坏点子"，以某女士的名义回了一封信，约他某日某时在上海新世界游艺场听评弹，并请他手持一朵红花为记号，而"她"在椅背上搭一条青色的手帕作识别。到了约定的时间，平襟亚与友人去了新世界评弹场，见到最后一排坐着位漂亮的女孩子，便将准备好的手帕偷偷放在她椅背上。果然没多久，有位男士手持红花对着这位女子大献起了殷勤。那女子莫名其妙，生气地问："你是谁?"那人嬉皮笑脸地答道:"我们不是约好在这儿相谈么?"那女子瞪着眼睛说:"我不认识你,神经病!"平襟亚和朋友则在不远处看笑话。对于此事,他晚年极为后悔,认为那是少不更事,太恶作剧了。他1948年编的那本《书法大成》倒是意义深远,集了沈尹默、白焦、马公愚等数十位名家的书法,范本临摹、日记随笔、信札扇面,书写种类多得像他的"坏"点子。苦口请大家写好字,为的是人人"处理人事亦将游刃而有余"。我当年不明白,为什么写好了字处理人事能够游刃有余?但这本上海书店1982年的翻印本《书法大成》无疑成了我初学书法时的止渴之梅。

五十多年后,平襟亚不再是风云的小说家、出版商了,年事已高,百无聊赖,他成了每逢星期天下午,和郑逸梅、朱大可、陆澹安等一起在襄阳公园里打发时间的小老头儿。郑逸梅爱带着新搜来的名人信札给大家看,若瓢和尚常常泡了茶拿在手里不喝不坐不和人说话,挤在几个下棋的边上呆呆瞧半天。他们在一块儿更多的是谈诗作词,插科打诨。

老人平日由老伴儿秋芳相侍左右,女儿在嘉定外冈农场工作，前妻所生一子二女在法国南部经商已近三十年，好在音讯常通。与旧友的重逢，也牵动了他褪了色的情怀："我感到人生可告一段落，故能放下一切，致身甚悠闲，但怀旧之情甚炽，特念及仁弟，时萦方寸间，倘仁弟有来沪的机会，能屈驾舍间得握手言欢，抵足以谈五十年前往事，则快何如之，而我的预计将于明春三四月间返故乡时乘兴至家山走访仁弟，以图良会……"他在信中说。

文字作品里从来不少老来怀人怀事怀物的旧情绪，早已两鬓斑白，相望相思却未及相见，这种等待流露的都是真感情，带点喜悦，带点苦涩，正如他在信中的一段话："无情岁月如逝水而去，五十余年白了少年头，真使我热泪盈眶，感慨无穷尽者也……"张爱玲在《更衣记》中写回忆若是有气味，那就是樟脑的香："甜而稳妥，像记得分明的快乐，甜而怅惘，像忘却了的忧愁。"寄出这封信，平襟亚心头一定热热的。

我年纪尚小，偶尔缅想过往是有的，那位中学时的语文老师，一晃也二十年了。记得那次课后有同学议论，老师为何收了同学的书，不收我的，最终得出两个

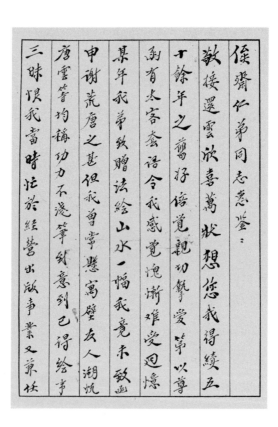

侯齋仁弟同志惠鑒：

敬接還雲欣喜萬狀想悠我得續五

十餘年之舊好悟覺觀功摯愛等以尊

函首太客套語令我感愧漸難受迴憶

某年承弟致贈法繪山水一幅我竟未致函

申謝荒唐之甚但我曾常懸寓壁友人潮忱

廖雲等均稱功力不淺筆致意到已得繪事

三昧愧我當時狂於絡營出版事業又兼校

平襟亚致丁侯斋书信四页选一

- 1 -

剛剛在法國南部經商已游卅年矣可喜的是能常通音向我感到人生可告一段落故能放下一切致身甚慰兩俱懷旧之情甚殷特念及仁兄時縈方寸尚仁兄有來沪小機會能來加賀合商得握手言觀歡抵足以談三十年前往事到快何如之而托的設計將于明春三四月間返故乡時來便到家山走访仁兄以同其合。順收

冬祺并說搜夫人百福

愚兄禩亚友秋芳随叩

一月廿四日于

平襟亚致丁侯斋书信四页选二

- | -

结论，要么老师爱好诗歌，所以照顾我，要么老师喜欢金大侠，是要等他偷偷看过再还同学。总之，这件事后，语文老师再未管过我，这是让我大为愉快的。我很庆幸，语文老师不是小伙计遇到的凶老板，我的头顶没有挨过木板子。

2018年

吃香烟

当过革命党打过仗，一次执行任务，一枚子弹打到他的胸口，像电影里的情节那样，他的胸口口袋内藏了枚银币，子弹打在银币上，他躲过一劫。后来他真的演了戏拍了电影，唱京剧是有名的丑角，1934年的一部《春宵曲》，他演了位质朴的乡村中学校长。不过让他安身立命的是画画，他爱画佛像，画中的佛像大都闭着眼睛，人们问为什么，他答："我佛慧眼，不要看人间的牛鬼蛇神。"旧中国的反动统治让他无比憎恨。

中国近现代史上，钱化佛无疑是个神奇的人物，他将自己数十年的经历称作人间游戏。1946年左右，由他口述，郑逸梅执笔，以《拈花微笑录》《花雨缤纷录》为题分别刊载在了《新夜报》《今报》上，郑逸梅形容简直超过吴趼人那本《二十年目睹之怪现状》。钱化佛也是个有心人，画画之余收藏了许多稀奇的物件，有古钱币、鼻烟壶、紫砂壶、火柴盒……上海孤岛时期，每每夜深人静，他便偷偷去揭敌伪贴的告示，如果揭破，那么换一份重揭，必为完整，经年累月，不辞风雨，竟然收集下整套告示。他认为："敌伪的罪状，尽在这一大叠的告示中。"新中国成立后，这些告示成了抗战时期的重要文献，钱化佛全部捐给了国家。他还有一个嗜好，收集香烟盒。

钱化佛是不吸烟的，早年他时常和京剧名旦毛韵珂混在一起。毛韵珂爱吸外国烟，有一种试一种，钱化佛发现这些香烟盒子十分新颖，自此生了收集的兴趣，开始留心起市面上的新牌子，见到则买，烟盒留下，香烟送人，又本着人弃他取，多年下来，存了数万只。1935年，钱化佛在北京的新世界国货商场办了一次佛画和收藏展，佛画是历年精心之作，收藏展中就有这样一个香烟盒展。当年的一份展览说明简单介绍了这次展览，开篇列举了吸烟的种种危害，"伤脑、败胃、偾事、耗财、经济外流、国力减弱等等"，目的不外乎劝人戒烟，养

狄平子致汝为书信一

軍政部城塞局重慶工務所用箋

汝為汝子鑒：今晨得汝十六日書，展閱之下，

欣慰萬分。汝函与汝先飛函同時至汝毋先

看汝書，歡欣愉悅，撮要告我，考試合手

如意，移家南岸，告人合意，我目閱之，我

心喜之，尤以組長告語為最感奮。凡人

一生進退浮失，無非命，孰主張，是命也。

然亦由平日簡練揣磨，發憤用功所致

也。先汝毋太息，訟凡人間居時，親友願為介

我十四日手書常到

- | -

紹皆空言尔何如專心考試徎操必深我云

自力更生為塞門出路我一空全靠考試此

此汝母以汝先寫信多行書讀閱不易又太長

但云為汝先節要隨時避繁及善自保重於

考事就事皆極掛念上次來函拊同儍所

丰神至佳汝母以汝輩皆稱心遂意六極快樂

精神至好逕無過慮遠望自加謹慎節養

休息常吸香烟少間旋此頌吉慶　父平書

汝先來書非關重要撮要以告勿須轉來

陳勤敏兄以足慰家休汝棉祆自揆慈候轉

狄平子致汝为书信二

- | -

96

成良好的娱乐习惯和正当的癖好，如古钱、邮票、画片、画报等，"玩之日久，积之既多，再加以整理，自然有可观的价值，这不比赌钱、喝酒、抽烟，那些不正当的行动好得多么？"

钱化佛的多位友人为展览题了字。袁希濂有两幅，第一幅上大字写"烟毒之害"，左旁长题："化佛先生以不吸卷烟劝人，而于画佛之余暇收集卷烟包匣，积二十年之久得卷烟包匣二千八百余种，可知吸烟消耗之巨，吾人能不触目而惊心耶。"另一幅写得带点俏皮："我爱吃糖而不喜吸烟，与其以钱买烟吸，不如买糖吃，我劝普天下同人不要吸烟，无论中国烟外国烟，俱以不吸为妙。"陈其采一幅写得大节凛然："烟之为物，有害人群，损我金钱，耗我精神，大而亡国，小亦丧身，欲祛其毒，先改其名（何香之有，应改名为臭烟），寄语同胞，急起猛省。"落款日期在1935年的五三纪念日。一百多年前，"英美烟公司"的"品海牌"香烟抢占着国内大片卷烟市场。天津有本介绍清末民初时期本地乡土人文概况的小书《天津地理买卖杂字》，文字有如顺口溜，有一句写到，"买烟卷，吸品海，顶球飞艇数刀牌"，可见天津人有多喜欢。1905年中国爆发了抵制美货运动，陈其采早年是吸烟的，对于这一爱国运动极为投入，平时吸烟和招待客人将品海牌改为了三星牌。三星牌是盛宣怀与上海富商刘树森各投资五万两白银，1904年在上海创建的三星烟公司生产的香烟。陈果夫受了他三叔的影响，跟着提倡的潮流抽起了香烟来，他很得意地对友人说："我吸烟是提倡国货三星牌，不是吸品海牌。虽然后来为此吸上瘾，而戒的时候不大习惯了好几天，但这仍是一种痛快的事。"赵眠云与天虚我生的题词秉持了相同的观点，不反对吸烟，不过提倡的是要吸中国烟，以免利权外溢。

展览中，钱化佛把香烟盒做了精心的布置，世界牌与和平牌合在一起，意寓"世界和平"，孙中山、紫金山、万寿山、万宝山、马占山五种牌子合为"五岳图"，把白凤牌盒面的鸡，与狗牌上的狗头合为"鸡鸣狗盗"，黄金牌、如意牌、长乐牌、大丰年牌合为一组，意寓吉祥，还有白金龙牌是章太炎所吸之烟，老刀牌是天虚我生钟爱之烟，等等。如介绍所说，"这真是一个趣味的展览会"。1936年11月22日，展览移至了上海南京路大新公司四楼。

上中学的时候，大约是初二，同学小青有一天中午神神秘秘将我们几个好朋友喊到教室外面，说下午下了课一定去他家里坐坐。我们问什么事，他开心地说从他爸爸的烟盒内偷来几支香烟，要分我们一起尝一尝。我们感到莫名的欣喜，那个年纪，似乎觉得能够吃香烟，能够像大人们一样吞云吐雾，那么才算长大了。于是击掌盟誓，互相保守秘密。那天一散课，我们四五个同学就窝在了小青的房间里，关紧房门，拉上窗帘，一人一支，打火点上，有模有样地吸一口吐一口。可是香烟并不如我们想象中那么"芳香"，我猛吸了两三口，辣得几声咳嗽："怪，这么呛！"我有点抱怨。"还是苦的。"同学小金皱皱眉头。"我看我爸吸烟时飘飘似仙。"小青疑惑地看了看夹在手指间的香烟，又狠狠吸了一口，我看见火热的烟头由深红色变为了土灰色的粉末，仿佛地狱之门即将打开，"你们来到这里，放弃一切希望"。小青拉开窗帘，打开窗户，朝窗外弹了弹烟灰，继而索性丢了出去。从此我们再不吸烟了。

曾有友人从北京为我带回过一件狄平子的信札。狄平子是狄葆贤，康圣人的学生，民国时著名的出版家，创办了《时报》、有正书局。十多年前我在一位前辈家中见过一页狄平子的扇面，录了一段北碑文字，暗暗惊讶出版家的楷书竟然如此雄浑且不失儒雅。这封信的内容很立志，狄平子对他的次子汝为说："……凡人一生进退得失，无往非命，孰主张是。命也。然亦由平日简练揣磨发愤用功所致也。先汝母太息说，凡人间居时，亲友愿为介绍，皆空言尔，何如专心考试。能操必得。我云，自力更生，为寒门出路，我一生全靠考试……"信末一句话最富趣味："还望自加谨慎。节养休息。常吸香烟，少周旋。"叫小孩子听话，不相干的事情少搭理是人之常情，做父亲的叫仍在学堂上念书的儿子"常吸香烟"倒是第一次听说，耐人寻味。

　　我没有钱化佛那么多香烟盒用以展览警醒世人，今天我愿把袁希濂的句子略改几字，我爱吃茶，与其买烟吸，不如买茶吃。

2019年

黄炎培墨影

2009年3月27日，这天在我的记忆里磨灭不去。已过春分，天气依然清寒，一大早我与友人们驱车从上海市区前往川沙，先在川沙烈士陵园祭扫革命烈士，继而参观内史第黄炎培先生故居。在一个朴素的小院子，我们数人并排而立，在黄炎培先生的铜像前留下了一张合影。那一刻，暗淡的日光把时间凝固得明亮庄严；那一刻，我们对黄炎培先生无比崇敬。

一晃十年了，我对黄炎培先生的敬意丝毫未减，出于对书札、对书法的兴趣，我竟有缘亲炙黄先生几页原信，心中更添几分幸运与喜悦。这些信都是写给他的川沙同乡姜体仁的。姜体仁是姜文熙，生于1875年，十三岁时入上海中西书院读书，年仅十九岁毕业于我国最早建立的医学院——天津北洋海军医学堂，是中国自己培养的第一代西医。后来他在袁世凯的部队做过军医，创办过中国唯一一所兽医学校——马医学堂，在协和医学院担任过中文部主任，直至退休回到家乡川沙，解放后是上海文史馆馆员。黄炎培先生比姜体仁小三岁，两人在年轻时结为至交。姜家原想与黄先生再结个亲家，1923年特地托了媒人到黄家去说亲，不过受过新文化教育的黄先生思想开通，并不赞成"父母之命，媒妁之言"那一套老封建。媒人是黄先生的亲戚，他在答复亲戚的信中说："弟以为婚事男女子为主体，必察其两人志趣性情确相投合，然后缔结方为圆满，否则今后青年思想自由，难保不发生枝节，近来发现正多。"接着谈了亲事应循的步骤："父母之彼此考察为第一步，经相当之介绍使男女相见晤谈，如彼此有意不妨许其通讯，此为第二步。然后彼此认为相得，正式订婚为第三步。青年时代思想最宜改变，不惟男子如此，即女子亦然，故必俟其年事稍长变化略定，彼此接洽经过时期稍久然后确定……"这门亲事自然未成。姜体仁的长子是著名航空史专家姜长英，生于1904年，时年二十岁，正在天津南

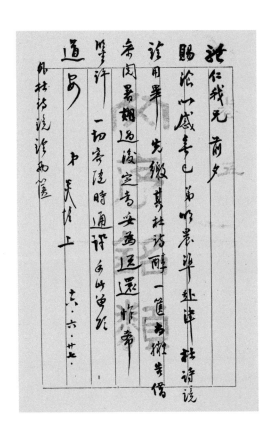

黄炎培致姜文熙书信

开大学念书，姜家或是在为长英先生的婚事操心了。

另有两封信。一封说："体仁我兄：前夕赐餐，心感无己，弟明晨准赴津，《杜诗镜铨》用毕先缴其，《杜诗醇》一箧尚拟告借参阅，暑期过后定当妥为送还。惟希鉴许，一切容随时通讯。手此留颂道安！弟炎培上。"底下日期是"民国十六年六月廿七日"。第二封是同年9月17日的信，内容不少："体仁我兄：别后留连七十日矣，前五十余日过得非常快乐，读书写字吟诗，晨研究英文，午后研究日文，晚游览山海，学游泳，二十五年来无此乐矣。不意乐极悲生，同居之友忽病，为之医药，昼则奔走，夜则看护，病不起，则更为之丧葬。此友何人？即六月二十六夜，兄饭我于开成，邂逅室外之裘君昌运也，无兄之饭我，则未必遇裘君，而裘君亦未必往大连，即病或死，未必在此。人之离合生死，岂能预测哉？《杜诗醇》奉缴乞检收。近作数首写呈订正。"信末，黄先生抄录了自己的《星浦中秋望月》诗五首和"丁卯避暑大连，宗风、浩然两社中日诗人时有投赠，将别感赋"。

两封信细读拼得出头绪。1927年国民政府在南京成立，蒋介石为了排除异己发动了"四一二"反革命政变，黄先生受牵连被视为"学阀"遭到了通缉，江苏省教育会被撤销，浦东中学被改组，中华职业教育社被捣毁，凡与黄炎培先生有关的机构皆无幸免。5月18日深夜，黄先生与夫人王纠思藏入亲戚家中，第二天天亮购买了西伯利亚通车旅行票准备去苏联，因临时受阻，上午十时改乘"西京丸号"去了大连。那天是1927年5月22日，上午十一时黄炎培抵达大连港，下榻奥町（今民生街）中华栈，5月24日住进奥町裕丰栈三楼61号，半年的避难生涯就此开始了。那段日子他过得似乎较为安宁，写毛笔字、读杜诗、访友、观光，也学外语、学游泳，他称为"半日读书、半日游览"。让人奇怪又有趣的是，他对篆书异常痴迷，几乎每日练习，临摹李斯《峄山碑》，选写《说文解字》，凭着诗人的情怀，以《峄山碑》集写成对联，"天开分野直，日下远山明"。黄先生的篆字我至今无缘邂逅，偶尔见到他的行草笔墨已然欢喜，峭拔雄浑，伟岸不群，有大气魄，这多少与他的家风有着密切的关联。他说："吾家先辈，颇以豪爽、耿介、尚侠、好义、作事精能，见称于乡里，亲朋有事，尽力扶助；有难，尽力救护，寖成家风。"但他一定没有想到，时局的莫测多变，使他艰难地在二十年后的1946年做出鬻字度日的决定。这一年的12月3日，《文汇报》上刊登了这条启事："黄炎培氏自国共和谈停顿后，闭户读书，深居简出。近以经济艰窘，老来鬻字自给，并赋诗作自我介绍，其诗云：'老来鬻字是何因，不讳言贫为疗贫；早许名山题咏遍，未妨墨海结缘新。伤廉苟取诚惭愧，食力傭书亦苦辛；八法惟心先笔正，临池白首学为人。'"对联五万元，扇面、立幅四万元，墨费两成，先润后墨，一星期取件，收件处在上海雁荡路八十号上海中华职业教育社。那年黄先生六十九岁，生活的窘困虽然成了他笔下的愁风愁雨，终究吹不走淋不湿他心中供养的那一缕乾坤清气，他依然是一位视天下为己任的知识分子。

6月18日，他经天津去了一次北京。朋友们知道他爱吃素食，那些天宴请他多在一家名为开成的素食馆。6月26日晚是姜先生在开成做东，那晚黄先生在餐馆外遇见了老朋友裘昌运，第一批"庚子赔款"的留美学生、中华职业教育社的特别社员，两人想必聊得投机，因为第二天昌运夫妇邀请黄炎培在中央公园（今中山公园）的长美轩共进了晚餐。中央公园是当年北京城内的第一座公共园林，原为明清时期的故宫社稷坛，长美轩是著名的云南馆子，语丝社为林语堂南下厦门大学在长美轩办了饯行宴，马叙伦传授长美轩"三白汤"而留下了"马先生汤"的美名。故事有许多，个个勾得起今人在杨柳渡头的余晖下凭古寻幽，只是长美轩早已淹灭在"七七事变"残酷的战火里。黄炎培7月5日返回大连，昌运夫妇第二天随之抵达，两家人的相聚十分亲密，共同会友，共同郊游，共同参加纳凉晚会，黄炎培也陪着昌运先生看房子。谁料人生如梦，昌运先生7月19日忽染痢疾，入院治疗后病情时好时坏，熬到9月3日溘然病逝。黄先生为裘先生撰的那幅挽联见情见义："无事不可与人言，绝笔从容，安然地下。有才未获尽其用，抚棺恸哭，同是天涯。"昌运先生患病期间，黄先生帮助请医问药；病重期间，黄先生守夜陪护；待料理完后事，为他在老麻沟置了块义地入土为安。地在半山腰，登上山顶，南侧星个浦、黑石礁，北侧沙河沟、西冈子，望得见整个城市。

余下的日子一如平常，读史书，校志目，写书法，作诗词，会友朋，也游历了一次朝鲜，直至1927年11月30日，当"大连丸号"在那个和煦温暖的午后稳稳驶入港口，历经195天，黄先生终于回到上海。

　　　　　　　　　　　　　　　　　　　　　2019年

牯 岭 旧 梦

意外地，我见到了张珑老师儿时画的一幅小画：一个小人坐在一张小桌子前望着面前摆着的一瓶花束，画笔稚嫩，画意童真，落款一个繁体"龙"字倒显得流利潇洒，像个大人的样子。时间在 1937 年 7 月 2 日，那年张珑老师九岁。"太可怕了，这说明我没有一点美术天赋。"她看着画笑着说。由于属龙，她的祖母为她取了单名一个"龙"字，家里人便叫她小龙。到了念书了大家觉得难听，她的祖父张元济先生说那就加个王字旁吧，于是成了"珑"字。不过这两个名字她始终不称心，当时很多人用双名，称呼起来用名不带姓，显得随意、亲切，让她羡慕不已。

这幅画是张珑老师在庐山上画的，庐山上有一处张元济先生的房子。她的祖父十分喜欢庐山的风景，上山除了避暑，也为躲避世俗的嘈杂，在山上认真校书，当年他正在校《四部丛刊·续编》和《百衲本二十四史》。元济先生曾经七上庐山。第一次去是1929年7月，那时候张珑老师刚六个月大，至今她仍存着一张她的父亲抱着她在长江轮船上拍的相片。接着三次分别在1932年的6月、7月、9月。原是租住人家的房子，1933年，元济先生买下了位于牯岭中路118号A的房子，一栋一层的石构建筑，院子十分宽敞，家人按他的意思种了许多杜鹃花，矮墙用乱石堆起，墙边是一棵棵松柏高耸入天。张珑老师另有一张相片正是在这院子里，元济先生牵着五岁小孙女的手，在一片绿荫的掩映下合的一张影，可是画面上的小孙女手叉腰间，嘟着嘴满脸不高兴，元济先生则歪着头不知为何分了神。张珑老师不记得那天是谁偷偷按下的相机快门了，为着她的表情，她说自己幼年时拍照常常嘟着嘴。母亲为此没少提醒她："或许是过去难得拍一次相片，太紧张了。"

张珑老师小时生过一次大病，她的母亲为了照料她七天七夜没有合眼，眼睁睁看着自己的孩子奄奄一息、命悬一线。恰巧此时家中一位长辈赶到，立时请来一位徐姓名医才药到病除，但张珑老师自此体弱多病、低烧不断。按当时有限的医疗水平，想要诊治的唯一办法是去一个环境理想的地方静养，所以张珑老师十岁前的很多时光是在庐山度过的，有时几个冬天都未曾下山。不过尽管如此，对于病情收效甚微，伴随她的依然是体弱多病、低烧不断。后来偶然的机会，她的母亲在庐山认识了一位中医范石生，范医生是位失意军人，对传统医学却研究很深，他为小病人诊脉开了药方，只一个月样子，低烧退去，竟然痊愈，为此她的母亲和家人都视他为"神医"。

在庐山，张珑老师的生活起居多赖她的母亲悉心照料，并在母亲的教导下开始读书习字，读《岳飞传》，读《三国演义》。那本《三国演义》一读再读，读了至少七遍。有年回到上海，元济先生知道小孙女熟读三国，有意出些题目考考她，没想小孙女对答如流，老先生高兴极了。1936、1937年间，由于她的母亲怀孕不便远行，遂请来自己的表妹去庐山陪伴女儿，张珑老师称她二姨。二姨生得娴静文雅、慈祥耐心，每天教她读书、做算术、写信、画画。二姨很疼她，常取笑她一学算术就要睡觉。她确实对算术毫无天赋，相比算术，她更爱读历史故事、各种儿童读物和写信写作文。当然她最开心的是每逢夏天与家人一起出游，她们家西面有一条溪水，水中有巨大的石头，她喜欢爬上石头，脱了鞋子把脚泡在冰凉的溪水里。她也随家人去仙人洞、黄龙潭、乌龙潭。黄龙洞里有泉水从石缝中一点一点慢慢渗出，每次去，家人总要盛上一些让她喝下，说那是仙人喝的水。庐山的夏天，同样有许多政府官员来避暑。张珑老师回忆，他们家的对门117号住的是熊式辉，她从家里的窗子望得见熊宅的大门和围墙。有一次看见蒋介石披着黑色的斗篷走了进去。

1921年出版的《历史性的庐山》一书中有对庐山气候的记载："牯岭的名声，即避暑胜地，从未有过地被极度询问关注着。而且，它的夏季，连着春季和秋季，天气像长长的符咒一般地完美。这些季节期间，吸引较多的人到这座山的顶端。"然而夏天一过，避暑的人们随即陆续离去，牯岭于是冷清下来，等候着冬天的降临。庐山的冬季白雪苍茫、寒风凛冽，某年冬季的一天，自小照顾张珑老师的萧妈妈将一个大脚盆盛满了水，中间放一根绳子，第二天脚盆里的水结成一块又大又厚的冰疙瘩，用中间那根绳子将冰挂起来像面大锣。张珑老师觉得那块冰在阳光下晶莹剔透好看极了，然而阳光下的冰渐渐融化，她大哭了一场。

在张珑老师画完这幅画后的一个月，1937年8月13日，惨烈的"八一三"淞沪抗战爆发了，战乱频仍，局势变得动荡险恶。身在上海的元济先生在给友人的信中说："国军战败，敌军进迫，梵王渡枪炮之声甚烈，然尚无流弹，此间虽系越界筑路，然仍为英军防守之区。寓中想可无恙……媳妇与女孙尚在庐山欲归不得，亦无可如何也。"1937年11月13日在致汪憬吾的信中也谈到这次会战："战事方起，意绪不宁，迄未奉复，不胜惶悚。前日豫泉同年转到旧历九月十二日手书，藉悉移寓澳门，身心得稍安适。捧读新词，弦外之音，令人增感。风景不殊，山河大异，世事如此，何从说起。鹤亭现寓上海，剑丞仍在旧居，均各无恙。同在围城中，亦不能常相见也。敝寓初离战线甚远，其后渐移渐近，虽有流弹，幸未伤人，贱躯亦托庇粗适。《廿四史》于今春景印完毕，了却一重公案，差可告慰。此来阅报，时有感触，辄抒所见，撰成小文。兹寄呈数纸，伏乞赐阅。又挽陈伯岩诗数首并附上，弟于此事全属门外汉，幸勿哂也。手复。敬问起居。"

信中提到多位友人，信末说到的陈伯岩是陈三立，著名诗人，1937年卢沟桥事变，平津相继沦陷，老诗人因不愿降屈日人，在寓所断食五天后忧愤而亡。元济先生挽好友的数首诗写在1937年10月12日，其中有首写道："衔杯一笑却千金，未许深山俗客临。介寿张筵前日事，松门高躅已难寻。"说的是1932年9月，为了给隐居庐山的散原老人八十寿辰祝寿，元济先生特意第四次上山，寿庆不久，三立先生定居北平其子陈寅恪处，从此两人天各一方，再未见过面了。另有首诗："湘中新政萌芽日，钩党累累出汉廷。敢说微名齐李杜，剧怜寥落剩晨星。"说两人共同参与了戊戌政变，遭清廷革职不再叙用，匆匆四十年，如今只剩下熊希龄和元济先生二人。他在10月14日为李拔可题晚翠轩遗墨的诗注中存着同样的感慨："戊戌政变，六君子以身殉国，余亦落职。先后罹党祸者凡二十余人，忽忽四十年，沧桑

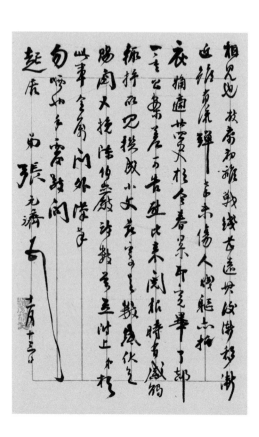

张元济致汪兆镛书信二页选一

张珑老师儿时绘图

几尽。今秋伯岩又逝,存者仅秉三及余二人而已。拔可兄出示嗷谷遗墨,属为题记。感喟不能成一字。前日作诗数首,以吊伯岩。拔可复敦促之。率赋二绝,追怀往事,为之泫然。民国二十六十月十四日晨起书于上海寓庐,时炮声隆隆不息。"国家危难,挚友凋零,元济先生悲伤不已。

小画是张珑老师的二姨保留下的。2001年,张珑老师自北京来到上海探望已过九十高龄的二姨,待张珑老师回到北京,二姨将画从上海寄给了小甥女,信上说:"兹附上小画图一张,是你童年时所画,那时你能画得这样好,和写的龙字也好,所以我要送给你,让你自己看看,已有60多年保留下来了。"

1953年,张元济给当时的华东军政委员会写过一封信,将庐山的房子捐给了政府。由于牯岭中路是牯岭中心地段的一条主要道路,1958年道路拓宽时牯岭中路118号A的房子被拆除了。张珑老师随母亲在1937年11月17日下山,经汉口到香港,再辗转厦门,终于在12月6日安全地回到上海。而与牯岭这一分别,重逢已是六十八年后的2005年,那天她站在那片土地上,房子不在了，儿时的面影却如眼前的青山依旧明亮清晰。"当年尚未届而立之年的父母亲已先后以九十八岁的高龄驾鹤仙去，当年以无比的魄力在文化出版界开创了一番伟业的祖父则早已在泉台静候祖国建设的佳音，那许多叱咤风云、演绎了无数惊天动地历史事件的人物，今又安在哉？"所幸还有画在，那段旧梦就永不会飘散。

2019年

黄炎培写给江恒源的信

早上与友人经过这里，这幢晨曦下的老房子还没有开门。我对朋友说，十多年前我曾来参观过。三层的小楼，有花园、有露台，设计得庄重简洁，布置得优雅明亮，与许多老建筑一样，在满是琉璃光影的大都市散发着浓浓的人文气息。老楼的门前，沿马路竖着它的名字，"徐汇艺术馆"，朋友走近又见到了挂在清水红砖墙上的牌子，"鸿英图书馆旧址"。

前些日子读到一页黄炎培写给问公的信，信的开始说："鸿英呈文就寅文兄原稿略加修润，寄上乞转致。此文此事，两足珍也，我辈几十年中间创造，至此可云收拾干净，此小小文化事业，值得纪念的友好，包括在世离世，着实不少。竹老在此局最危殆之际，慨然出任，尤堪永念。"信上的问公是学者江恒源，鸿英是鸿英图书馆，竹老是教育家蒋维乔。寥寥数十字，墨色平淡，行笔从容，黄炎培对鸿英图书馆、对曾经并肩为鸿英图书馆工作过的同事们深切的怀念却溢在纸间。

鸿英图书馆的前身是黄炎培、沈恩孚、史量才等人在1924年7月发起的"甲子社"，从事政治、经济、文化学术资料的收集分类审批，1931年更名为"人文社"，设立了人文图书馆。1933年4月，古稀之年的民族实业家叶鸿英深明中国文化教育的孱弱，在参观了人文社后决议支持图书馆的发展。他对黄炎培说："这样丰富的图书资料，估计价值，何止五十万元，我来捐赠五十万元吧！"就这样以叶鸿英的名字将人文图书馆命名为"鸿英图书馆"，蔡元培、黄炎培、沈恩孚、江恒源等十五人担任同时成立的鸿英图书馆基金董事。图书馆"以社会科学为范围，以社会科学之中历史为核心"为收藏特色，也搜集关于近代史的史料，如民国元年起出版的中文书籍、杂志、报纸和各地方志、宗谱等资料。馆长是沈恩孚，沈逝世后继任馆长为蒋维乔，黄炎培作为驻馆董事，负责主要事务。1933年6月，鸿英租借了霞飞路

（今淮海中路）1413号一幢洋房展开了筹备工作。

前几年买过一件关于鸿英图书馆的公文，1934年3月17日致法租界公董局的：

> 敬启者。敝处坐落霞飞路一四一三号，专业搜集图书杂志及史料，备学者之研究及参考。现已积有图书杂志约四万三千册，史料约九十五万件。一俟整理就绪，即拟公开阅览。素悉贵公董局注重提倡文化事业，对于文化机关有免收记捐之例。敝处用特专函请求，深盼贵公董局行知捐务处准——予免收房捐。俾敝处得以此项免捐之数增购图书，即公众间受益非鲜。敬祈迅赐核准见复，实为——公便。此致法租界公董局。鸿英图书馆筹备处启。

公文左侧是沈恩孚的批注："其名称是否以法公董局为准确，并请一查。孚。"黄炎培先对公文作了简单的润饰，而后在右侧写了"托陆伯鸿先生代致"，在沈恩孚批注左侧写下"炎阅"二字，下方又写："官文书称法租界公董局想不误。好在请伯鸿先生代送。有不妥当能指示也。炎又注。"

黄炎培提到的陆伯鸿是著名的企业家,是第一批进入法租界公董局的五名华人董事之一,从事过电力、钢铁、航运等行业,上海世博园内那根165米的"大温度计",便是陆伯鸿早年为创始人的南市发电厂的大烟囱。1934年5月,法租界公董局回复了鸿英图书馆,经工部局委员会议确认,"鸿英图书馆为文化事业,所请免除巡捕捐一节应予照准"。巡捕捐是租界当局为了筹措经费而征收的房产税,因为最初由巡捕上门收取,所以叫巡捕捐,即公文中提到的房捐,那年鸿英的巡捕捐为480元。

鸿英的工作起初算是顺利,据记载,到1935年2月,图书馆已藏有书籍64 802册,图表219幅,杂件400件,报纸49种,选辑各报史料1 053 216件,杂志日报的要目索引有152 489片。不过安定的日子仅仅三年,随着1937年叶鸿英的病逝、"八一三"淞沪抗战的爆发,鸿英这家私人图书馆也身在了风雨飘摇之中。1941年太平洋战争后,日军进占上海租界,实施了疯狂的搜捕、封锁、迫害、破坏,上海的生存环境更加险恶,鸿英几

黄炎培、沈恩孚批注鸿英图书馆致法租界公董局公函度濒临灭亡。1942年1月30日，日本宪兵以检查抗日书籍为由闯入鸿英图书馆，第二天塞了整整一卡车近两千册图书资料扬长而去。同年12月21日的夜晚，日本宪兵再次冲入图书馆，蒋维乔回忆那天"敌人举动残暴，见物即毁，书报狼藉满地，铁箱也被打开，事后修理，损失殊多"。幸而图书馆的职工预见了时局的危急，先前把期刊图书分散包装藏在了小间里，门外堆了破旧的桌椅做掩饰，有些连夜藏在了天花板的夹层中，将大部分资料保护了下来，待到抗战胜利，那些被抢去的图书资料才得以归还。

然而战乱频仍，缺少持续资金的补充，鸿英不得不靠四处化缘勉强度日，苦苦支撑到新中国成立。1950年2月，经黄炎培与几位鸿英元老商量，将图书馆交给了上海市教育局代管。黄炎培的这封信写在1952年的9月9日。1952年，黄炎培已定居北京，上海的事务都由蒋维乔、江恒源等挚友相助。正是这一年，上海市文化局正式接办鸿英，年近八十的蒋维乔再次出任馆长，所以黄炎培在信中说："竹老在此局最危殆之际，慨然出任，尤堪永念。"接着不忘牵挂一句："不知近况如何？经济还过得去否？乞公示我大概。"

信的后半部分，黄炎培为老朋友抄写了一段自己的作文："再来开开玩笑吧！'接答题'，接，应是'截'。我最后——可以肯定是最后了——所作八股两束比，不论乡（会）试，自信足以当选。子曰：学而时习之，不亦说乎！有朋自远方来，不亦乐乎！人不知而不愠，不亦君子乎（束比）！舍文章而求性道。五十学易，寡过犹惧未能。何幸千里一堂，得畅聆乎苌乐郯官之解答。观流水而听鸣琴，得一知心。生平可以不恨，只此巴人下里，曾何羡乎阳春白雪之孤高（旧稿新改）。炎培。"

八股文自明朝盛极一时，到1905年清政府取消科举才彻底废除了这支陈腐旧套的"烂调子"，这期间五百多年，文章的形式虽无善恶可言，却逐渐成为约束士子的精神枷锁。黄炎培出生在1878年，受旧文化教育二十年，用功八股文十年，这段八股文的两股是八股文废除后黄炎培生平作的最后一篇，他将它视为游戏之作："可为中国流行五百多年的古典文学的最后纪念品。今后再没有人写八股文了吧！"难怪信末揶揄自己："哈哈，酸气冲天。"

纵观黄炎培的一生，从清朝到民国直至新中国，大多的时间致力于国事的奔走调停，在国家的内忧外患之下，始终坚守着自己的信念："不求身长寿，但愿国万岁。不欲人歌功，但求心无愧。有志兴邦国，无心谋富贵。岂甘做瓦全，宁可为玉碎。国存而我亡，万死亦无愧。"鸿英图书馆或许只是他工作中小小的一个部分，却为历史文献资料的保存，做出了不可估量的贡献。

2020年

涉 园 印 存

2019年的1月，我在北京待了些日子。有天下午，特地去探望了张珑老师。她的家在中国建筑设计院的一幢老楼里，我去过三四回了，奇怪，每回去总要费点周折在小区绕几个圈子，再烦劳她电话里指点"迷路"才能找寻得到。这回同样如此，所幸大好的冬阳把天寒地冻的北京城照得温和如春，我走得背脊微汗，身上暖暖的。

伴着几句寒暄，张珑老师将我带入了客厅，一杯清茶、一份蛋糕已放在了沙发前的茶几上。我在沙发上坐下，喝下一口茶，便与她轻松聊了起来。她家的墙上挂着几幅她的祖父张元济先生为她写的书法，先前我来时总爱立在字前看。元济先生的字我向来喜欢，起笔落墨尽是学人铮铮的风骨和轩昂的气宇，至今不腻。这回发现这些字换成了复制品——原件在2017年张元济诞辰150周年时，连同不少张元济的文物，她与她的弟弟张人凤共同捐给了国家，海盐博物馆那年办了"张元济先生后人捐赠文物展"。言谈间，她说起我的爱好篆刻来："我有一本篆刻的书送给你。"我嘴上说好，心里多少诧异，她从事了一辈子的英文工作，从未听说她对这"雕虫小技"有过兴趣，怎么会有篆刻的书？只一小会儿功夫，她从另一间屋子拿来一本深蓝封面的书放到我手里。我霎时愣了一下，是本原钤印谱，封面左侧毛笔认认真真题了签：涉园印存。

我仔细翻读起这本印谱，里面共收有三十枚印章三十一枚印稿，有枚印章是两面印，边款十二枚，印章钤盖得沉着清晰，可惜边款拓得模糊，不见精神。两枚五厘米见方的大对章"张元济印""壬辰翰林"，在2017年"张元济先生后人捐赠文物展"的展厅里使我印象深刻，一朱一白，用刀苍润劲秀，静穆浑融，十足秦汉印的气韵。人凤老师曾回忆自己小时候见到这对印章放在一口玻璃罩内，是元济先生为商店写招牌用的。"张元济印"篆刻的时间在甲申1944年，落款"吴朴刻"，"壬辰翰林"单款"厚厂治印"。吴朴是吴朴堂，号厚厂，生于1922年，自幼喜爱篆刻，王福庵的学生，年少即成名于杭州城，十八岁在清和坊开了家店，为人治印谋生。十九岁时，王福庵又为他代定润例。元济先生因中日战争时期经济陷入窘困，1943年开始了鬻字贴补家用。1943、1944两年间，请人篆刻了近百枚印章，大部分是挚友陈叔通请了吴朴所刻。陈叔通格外器重这位年轻的篆刻家，自己不少印章由他操刀，新中国成立后还推介他去了上海文物保管委员会古物整理部工作，可惜吴朴1966年四十四岁就下世了。

张珑老师说元济先生这近百枚印章一度被全部抄走过，后来落实政策归还了这三十枚。1986年，她的父亲张树年请友人为这些印章做成印谱六本，印屏四幅。"这本是留给我的，我弟弟那里有一本，还有海盐张元济图书馆等地方。"她说。我继续翻读着印谱，其中另有谢庸、陈巨来、王福庵之子王硕吾等篆刻家为元济先生篆刻的"张元济印""元济""菊生"等印章，大大小小我都不陌生，元济先生的书里、册子里见过许多回，

涉園印存

丙寅仲冬
蔣啓霆題

家住城南乌夜村

丁卯再生

这些自用印之外，有两枚却于他有着特殊的意义。

张家的十世祖是张奇龄，号大白先生，是明万历年间著名的博学之士。元济先生为这位先祖留下过这样一段话："吾家世业耕读，自有明中叶族渐大，而以能文章擢科第者，首称符九公，然绝意仕进，潜心义理经济之学，门弟子极盛，咸称曰大白先生。尝筑屋城南，读书其中，今所谓涉园也。"九世祖是张惟赤，大白先生之子，别号螺浮，顺治十二年的进士，在朝中当过官，但不徇名、不避谤，刚正直言的性格让他在宦海的浮沉中并不顺意，若干年后归隐故里，将大白先生的城南读书处做了一番扩建，改名涉园，在其间莳花种竹，赋诗饮酒，也为乡里修学校、赈饥荒、浚河道、建房屋，造福一方。只是到了元济先生父辈时，家道渐渐衰落，涉园随之渐渐荒废了。当年海盐县城的武原镇南门外有个乌夜村，相传得名于东晋，涉园即坐落在此。元济先生生于广州，十四岁才随母亲回到海盐，而后一生漂泊在外，对故园却时时惦念。张珑老师记得上海极司非尔路40号老宅客厅的东墙上挂过四幅青绿山水，画的正是"涉园图"。上世纪二十年代元济先生回乡扫墓，从亲戚处得知一位族人在涉园遗址种地时挖出一枚印章，3厘米长、2.5厘米宽、1厘米高，印文为"家住城南乌夜村"。他断定是大白先生或螺浮公时期的遗物，便买了下来，这枚印章自此成了他的案头珍爱。

1927年10月18日，元济先生经历了一场"奇遇"。这天晚上他正在极司非尔路家中二楼用餐，突然闯入五人持枪将他架走了，吓得家人不知所措。绑匪以为元济先生是大老板，向家人索要30万赎金，后经调查发现原来无非一介寒士，赎金一减再减，20万、15万……最终家人四处奔走，靠着典当、借贷勉强换来的一万元，让元济先生脱险而归。"名园丝竹竞豪哀，聊遣闲情顾曲来。逐队居然充票友，倘能袍笏共登台。""岂少白裘兼杜厦，其如生计遇艰难。笑余粗免饥寒辈，也作钱神一例看。"这两诗是元济先生身处绑匪老窝的第一天、第二天作的，未收入他自己编订的《盗窟十诗》中，也见他的镇定和幽默。元济先生在10月28日给汤友和的信中说，绑匪认为商务印书馆是他一人的私产，何况去年给女儿的陪嫁都有30万，所以要赎金30万："弟相与大笑，令派人复查。越两日来言，实出误会，惟事已如此，总望酌量补助，故所费亦为数甚微。然在弟则已觉所负匪轻矣。在彼中先后数凡六日，饮食起居，尚无大苦。惟日光、空气几于绝无，幸贱体尚堪支拄。其初监守甚严，弟告以决不私逃。两三日后，彼此相习，开诚布公，几于无话不说。因劝其及早罢手。闻弟言有至泪下者。送弟归时，彼此握手，谓异时倘得归正，再图相见。"1927年为丁卯，为了纪念元济先生这段被绑架的经历，陈叔通请西泠印社元老童大年刻了这枚"丁卯再生"印，印章加田字界格拟秦印式，格调高雅，浓浓的金石书卷之气，尤其"丁"字在印面上的圆形处理，极为生动。

我把印谱拿在手里翻了又翻，不忍合上，不知不觉，天色就暗沉了下来。张珑老师掌上灯，屋内顿时亮起印谱上那一抹印泥鲜红的亮色。她说吃了晚饭走吧，我说好，于是点了晚餐，两碗南瓜粥，一份榴莲饼，一份马拉糕，一份卷心菜。直到八点，为了不打扰她休息，我告别离开了，带着那本印谱、那份蛋糕。

2020年

墨影文心十五年

开幕式的那一刹那，我站在展厅里闪过很多思绪，周围站满了来宾，我在话筒前念发言稿紧张出一身汗来。在不少场合说过不少话了，这次的紧张是我始料未及的，或许因为这是我梦想了多年的展览。

我是在念初中的时候喜爱上阅读文学作品的，从而开始崇拜鲁迅、崇拜巴金，崇拜许多在中国近现代史上那些如雷贯耳的名字，直到二十五岁发表第一篇散文，我就期待有朝一日能够运用所学，为他们做一个手迹的展览，这一晃竟然有了十五年。这十五年的过程并不容易，遇上一件中意的手迹一点不简单，求之若渴的往往求之不得，尤其想要的尤其要不起。我见过张伯驹的一篇诗词稿，比黄豆大不了多少的毛笔字足足写了四百多个，画面参差错落，有丈山有尺树，有寸马有豆人，卖家应急的价钱一降再降，而我仍然无法企及，没两天工夫，京华老名士的这朵青莲入川了，只能随它去了。我见过俞平伯的一页昆曲谱，"文革"后抄了寄给张充和的，两只手掌那么大的油纸上，老作家颤颤巍巍仔仔细细写下的一段清音，成了拍卖场上的明珠，惹来一场风雅的争夺战，只能随它去了。我见过冰心写给巴金的一封信，圆珠笔蓝蓝的油迹渗满对友人深深浓浓的情谊，偏偏拍卖场上买家的热情更深更浓，深得浓得叫人无法静气宁神，只能随它去了。

好在十五年兜兜转转，收获总算有些，气力不致白费。这次的展出是要向陈子善和王金声两位老师致以谢意的，他们无私借给了我鲁迅、钱锺书等四位学人的手迹。鲁迅的是一本书，1935年他翻译的俄国作家果戈理的代表作《死魂灵》，同年11月15日在上海题赠十还先生，"这是重译的书，以呈十还先生，所谓'班门弄斧'者是也。"鲁迅在书上写道。十还是孟十还，原名孟显直，是作家，是翻译家，《鲁迅全集》中收了不少鲁迅写给他的信。鲁迅不懂俄语，这本《死魂灵》是将德译本作为底本，再参照日、英译本完成的，"重译"的意义即在于此。孟十还曾留学苏联数年，1932年归国，是个俄语通，翻译普希金、果戈理等俄罗斯文学家的作品全是直译，所以鲁迅又说了"班门弄斧"。鲁迅长孟十还二十七岁，用语对这位晚辈充满亲切。《鲁迅全集》中有一封1936年2月17日写给孟十还的信，说，"从三郎太太口头，知道您颇喜欢精印本《引玉集》，大有'爱不忍释'之概。尝闻'红粉赠佳人，宝剑赠壮士'，那么，好书当然该赠书呆子。寓里尚有一本，现在特以奉赠，作为'孟氏藏书'，待到五十世纪，定与拙译《死魂灵》，都成为希世之宝也。""三郎"是作家萧军，这位"太太"便是女作家萧红了。信中鲁迅送了自己的一本《引玉集》给孟十还，语气同样十分亲切，由此看得出鲁迅对他是格外器重的。原计划鲁迅约孟十还一起陆续翻译出版六卷本《果戈理选集》，包括《狄康卡近乡夜话》《密尔格拉得》《鼻子及其他》《巡按使及其他》《死魂灵》（第一部）和《死魂灵》（第二部）。鲁迅译的这本是《死魂灵》第一部，1935年11月由巴金创办的文化生活出版社出版，遗憾的是，随着1936年10月19日鲁迅病逝，这个计划最终只完成了这部《死魂灵》和孟十还译的《密尔格拉得》。

鲁迅逝世后的第三天，灵柩被抬出上海万国殡仪馆，送至万国公墓下葬。社会各界人士及市民约上万人参加了这场葬礼，为鲁迅抬棺的有十六人，胡风、巴金、黄源、鹿地亘、黎烈文、靳以、张天翼、吴朗西、陈白尘、萧乾、聂绀弩、欧阳山、周文、曹白、萧军，另一位便是孟十还。

我将展览分为三个部分。"尺素留声"展出的是书信，其中有巴金写给花城出版社编辑吕文的信。其时花城出版社在为巴金出版一本《序跋集》，出版过程中，编辑提出两点意见，大约是要请巴金修正文中过去一些在今天看来错误的想法，巴金回复说让它们照原样留在纸上，因为《序跋集》是他的真实历史："也就是说我的文章里有过多少错误。若一律今天正确，就不是历史了。"老作家的固执和真挚可见一斑。花城出版社当年主持工作的是苏晨，苏晨在这封信的信末加了一段话，"按巴老意见，不必改动。"《序跋集》在1982年3月出版，出版社赠送了巴金精、平装各三十册，扣除税款等费用，再次按巴老意见，出版社直接将其余稿酬全部捐给了中国现代文学馆。有柳亚子写给阿英的信，柳亚子请阿英六月五日星期天中午十二点一起吃餐饭，"席设金鱼胡同福寿堂"。信写在1949年6月2日，全国第一次文代会前。柳亚子的《北行日记》中1949年5月28日至6月15日这段时间恰巧缺失，查阿英日记1949年6月5日倒做了记录："午，至福寿堂赴亚子宴。晤齐燕铭同志，托其转达关于沪上来人事。齐白石亦在座，年已八十九，但精神甚佳。徐悲鸿先生亦来。"京城这顿饭十分文艺。

"笺纸寄情"展出的是书画、手稿和著作。有一件陈伯吹的诗稿《有一座塔碑》，写的是1937年"八一三"淞沪抗战后，敌人在上海大场镇拆了当地的文昌阁建造侵略军"表忠碑"的事，诗里尽是他对敌人的愤怒、憎恨和对未来美好的期盼："有一天，那一座塔碑，倒了，倒了，几堆乱石，一溜灰尘，海燕翅膀下的暴风雨交响着'崩溃！崩溃！'起来！没有了奴隶！也没有伤悲！"这首诗最初发表在1940年的《文汇报》上。1980年《中国四十年代诗选》征集组写信给伯吹先生跟他约几首早

竺妧小朋友在展览留言簿上的留言

年的诗，伯吹先生寄去了六首，待到1985年出版，书里选用了两首，《新小儿语——纪念民国三十六年（1947）的贫苦儿童节》和《无尽的怀念——陶行知先生逝世三周年纪念》。虽然伯吹先生跟征集组说"如不合用，恳请挂号退还"，那剩余的四首依然早早由编辑一撕为二，扔进了废纸堆，好在某位有心人保存了下来，才让我们在今天再次见到这一首诗。

三个部分中还有茅盾关于鲁迅名句"横眉冷对千夫指、俯首甘为孺子牛"含义的详细阐述的书信、张元济与友人谈论"八一三"淞沪抗战时生活状况的书信、俞平伯的词稿、陆小曼的画等，都生动、都儒雅、都朴实、都厚重，所表现出的文辞和艺术的魅力，都闪着光芒，透着温度，都震撼人心。

展厅的北面有一张小桌子，放着一本留言簿。那天我随意翻了翻，有位叫竺妧的二年级小学生写得极有趣味，她说："鲁班在二年级上册语文书上提到过。鲁迅写了很多书。我希望鲁迅和鲁班还活着。我们小学生也要好好学习天天向上哦！2019年6月30日。"这个准备了十五年的展览，那一位位优秀的学人，那一幅幅斑驳的字，如果能令今天的小朋友们有所触动，在他们心里留下文化的种子，日后如同这个展览的名字那般，文心灿烂，那真是美好的收获。

2019年

张充和的曲人往事

1943年。中国北碚。

> 敝屣河山辞北宸，生涯托钵老风尘。
>
> 何期南内弥天火，幻出金刚不坏身。
>
> 帝泽无伤叔父心，山河一担入云深。
>
> 八阳再唱应三叹，百座雄城付陆沉。

一位昆曲曲友唱完《千忠戮》"惨睹"，周仲眉乘兴在张充和带来的册页上写下这首诗。张充和那天唱了《牡丹亭》"游园"，陈鹏遂取《牡丹亭》"拾画"里一句"寒花绕砌，荒草成窠"为她接着画了一幅着色花卉。画笔简淡，画意蕴藉，几朵菊花掩映开放在秋风里，不觉萧疏，倒显温馨。

周仲眉名介寿，是中国银行的职员，在中国银行工作了一辈子。陈鹏字戊双，她的二姐是中国第一位女教授陈衡哲。周仲眉十岁时，陈鹏七岁，两家的长辈为他们定下了这门娃娃亲。虽然周仲眉自小受的是传统家塾文化念古文，陈鹏学的是新式教育，从幼儿园到大学，两人却有着相同的兴趣，诗文书画，尤其昆曲，不仅能唱，还能吹笛子。1927年，两人在北平完婚。

1940年，周仲眉前往北碚担任重庆中国银行办事处的经理。初到北碚，周家租住了卢家花园临街的一处房子，由于人地生疏，两人只在休息天自吹自唱。某一个周末，戴夷乘恰巧路过卢家花园，听到园内笛声悠扬，不禁勾起他的曲瘾来。戴夷乘是戴夏，早年留学日本、德国、瑞士学的是哲学，偏偏爱上昆曲，能演能唱能谱曲，新中国成立后是上海昆曲研习社第一届社委，为昆曲事业做了许多工作。戴夷乘循着笛声敲开了周家大门，轻轻松松的，昆曲使他们成了亲密的曲友。经了他的介绍，汪东、卢冀野、张充和及四川师范学院的教师程虚白、翟贞元，女学生笪瑞珍等也陆续来到周家，与周仲眉、陈鹏成了曲友。之后周家热闹起来，成了北碚有名的"周家曲会"，几乎每个周末一次曲会，每个月末一次同期。陈鹏原是唱闺门旦的，其时不过三十五六岁，因女曲友的年龄都比她小，索性挽起发髻改唱了小生。曲会上的两管笛子则是周仲眉和程虚白。张充和晚年回忆说，即使头上有飞机在轰炸，曲友们仍照唱不误。

战时的北碚，文化人纷纷逃难而来，随着前来参加周家曲会的曲友越来越多，意外地使北碚成为当时昆曲最兴盛的地区之一。《牡丹亭》"拾画"中另有一句"客来过，年月偏多，刻画琅玕千个"。有一回曲会上，陈鹏以"琅玕"为名，画了一幅《琅玕题名图》，请曲友们在画上随意题辞或题名。周仲眉为题名图写了序，汪东题了一支曲子，卢冀野题了一套散曲……他们将昆曲的那段历史、曲友们的那段情谊留在了一脉流泉、数竿清篁之间。

1945年8月15日，日本宣布无条件投降。那天大伙儿正在周家唱曲子，胜利的消息传到北碚，大家欣喜若狂。陈鹏取出周仲眉从日本带回的一块画着富士山的小木片工艺品，用牙签和白纸做了面白旗插在了富士山上，曲友们每人写了一首庆祝胜利的诗，接着一起走上街头，参加北碚镇的庆祝游行。这以后"周家曲会"就散了，曲友们各自还乡。张充和随沈从文、张兆和去了北平，1946年回到苏州。周仲眉与陈鹏留在了重庆，1951年定居北京，周仲眉任职中国银行总行国外部，陈鹏在人民美术出版社做美术编辑。

1983年。美国康州。

2月6日下午，康州新港下起雪来，起初雪下得稀稀落落，到了晚上越来越大，第二天竟积起了足有20厘米厚。天很冷，气象预报说今天零下3.3摄氏度。这几天张充和反复读着陈鹏寄来的信，信上的文字洋溢着浓浓的樟木香味，勾起许多陈年往事，让她既惊喜又伤感。自从1949年1月离开中国，张充和便与陈鹏失去了音讯，直到1983年，两位友人才在陈鹏胞弟陈益之子陈棣的帮助下恢复联络。三十多年光阴转瞬流逝了，张充和回想着第一次见到陈棣是在北碚周家，那时候陈棣是个抱在手里的婴儿，去国之前数月，她还在陈益北平景山东街的家里唱曲子。她想着想着，拿起笔，为老朋友回起信来。

戈双五姐：

　　得一月廿四日信欢喜跳跃，一如面谈。你的法书虽用钢笔，但笔笔都有温文大雅的帖意。现在知道你的身体好，我很高兴！我还记挂着你的画还照常画么？这种才能不是无罔（妄）之灾可以"处理"了的，退休后正可以此遣怀。等我把你三十年前的来信复印寄你，向你讨债呢。

　　在北碚府上之事，一丝一毫，不能忘怀。即使我现在洗手剔指甲，都记得还是你教我的，我本来用刷子的。还有摆在条桌上那片翠生生的菜叶中的小红萝卜，仍然活生生的在眼前。又仲眉兄在等菜时，先用两只手指在桌边上边打边唱锣鼓点，也仍然鲜明地在耳中。虽然人老了，或过去了，却永远磨灭不了这印象。可惜的是环视四周，无人可谈此往事。

　　奉上卢曲，曲中历数之人，无一半存矣，叹叹。闻冀野于五几（？）年去世，至今我尚不清楚因病故，抑事故？亦不敢多问。记得他家与我间壁，一家七口，两间屋子，若要用笔墨时，即来我处。夜间孩子睡静，只听他哼哼叽叽在读文章或词曲。生活极苦，我们都笑他蓝布大褂腰间因胖而接上一块颜色不同新的蓝布。读他这琅玕题名图曲子，又爽口又宁贴，尤其是"周郎顾也，趋良辰……"我曾说他"你虽然才高，他若不姓周，你也无法如此自然"。这套曲子无异兰亭褉序，"后之视今亦犹今之视昔"。人生片刻停留，但亦有千载难逢之事。要不然古人之事我们如何心领意会呢。可惜图已不存，叹叹！

我们见面当有日，但时间还不能说定，见面时我还想伺候你一曲"颜子乐"。现在北京的曲人，我大多不认识。平伯师已不唱不打板，师母于去年仙逝。当她年青时，闺门旦唱得很出色的。俞老在北大期间是我词学教师。

若提起红衣，我喜与不喜，毫无办法，从小因我皮肤黑，姐姐们全可穿淡雅的，而我只配穿深红、绛红，以后自己也穿成习惯。我应该谢谢陈

棣，把我们卅余年的阻隔一旦沟通，你若不嫌烦，我以后要常常写信，也像以前一样，随时到你府上打搅。祝

新年康健　阖府大吉

四妹充和

二月七日　一九八三年　大雪六寸

　　信中提到的"卢曲"，正是卢冀野为《琅玕题名图》所题的那一套散曲，"曲中历数之人"记在了"卢曲"的一支《解三酲》里：一个是余杭旧尹（汪东），一个是鞠部昆生（倪传钺），一个是道昇潇洒偕文敏（周仲眉陈鹂夫妇），一个是牛首山僧（甘贡三），一个是双柑斗酒南郊隐（戴夷乘），一个是塞上曾陈十万兵（范崇实），一个是歌中圣（项馨吾），一个是刘家少妇（翟贞元），一个是小叶娉婷（张充和）。张充和当年与卢冀野共同供职在北碚，两家住的是职员宿舍，单人住一间，有家人的住两间。卢冀野家人多，分得两间。虽是左右邻居，中间不过竹篱上加上泥土，再刷些白粉。卢家

张充和致陈鹏书信

在宿舍后山的山坡上搭了个简陋的棚子，避得了雨避不了风，里面一锅一炉，卢太太煮了饭再煮菜，一天三顿饭，孩子从一二岁到十五六岁。张充和说他们日子过得辛苦："当时看惯了不觉得怎么，现在我不可想象她是怎么闯过那些日子的。"

《琅玕题名图》毁于上世纪六七十年代，1979年取回时只剩几页残片。1990年，八十五岁高龄的陈鹏写下一篇《图影拾残》："残留一竿，上节戊书：'客来过，年月偏多！'下节有著名昆曲大师俞振飞暨夫人黄曼耘题名及仲眉、戊双自留名。综计尚有曲友二三十人都曾先后题名在竹林之上。惜此鸿泥，亦皆随图湮没，可胜浩叹！"

旧梦依依，老太太满心是人画之恸。

北碚时的那本册页张充和取名《曲人鸿爪》，历经战乱、历经世界各个角落，张充和一直细心守护着，并且有了三册。张充和安慰陈鹏，册页连同册页内周仲眉的字、她的画，完好如新。

2020年

白蕉的胎发笔

　　似乎是十几二十多年前，翻阅报刊或走在街头，总可见到诸如"一生一次机会、一生一世纪念"此类胎发笔的广告，初生婴儿第一缕头发经过精良的制作，而后在笔杆刻上一句祝福的话，配上一款精美的包装盒，无疑为新生儿留下一份美好的纪念。在上海，周虎臣笔厂（今上海周虎臣曹素功笔墨有限公司）的胎发笔是出了名的，上世纪九十年代甚至为胎发笔在南京路春申宾馆开过一次新闻发布会。那天的来宾中有不少上海著名的书画家，程十发、胡问遂、徐伯清、乔木、俞子才、郁文华等，在现场纷纷用胎发笔题字。胡问遂写下"文房四宝——老周虎臣精制胎颖圆健腴润，洵为管城妙品"，徐伯清题了"妙笔生辉"等。不过直到前些日子参观上海笔墨博物馆，我才第一次见到胎发笔，这支著名书画家白蕉用他小儿子何平的胎发定制的毛笔。

展出的胎发笔是白蕉在1962年定制的，梅鹿竹的笔管经了六十年早已蜡黄，上面深深浅浅的痕迹像雨痕、像树瘿。白蕉的一位学生回忆说："记得1962年9月下旬一天，我同蕉师到杨振华笔庄（1958年已与多家笔庄合并为周虎臣笔厂），当时才知他所定制的胎毛笔，需要用紫毫作原料，不久，我还知道蕉师所用的胎发是其小儿何平1955年双满月时剃下之胎发。"

作为书法工具，毛笔基本以动物毛制成，动物毛的表面有毛鳞片，能蓄水储墨，重要的是毛顶端有尖韧光滑的颖，墨汁沿着颖流下附着在宣纸或其他载体上会变得更顺畅自然。婴儿胎发的顶端如动物毛一般同样有颖，只是经过第一次剃发，再长出的头发颖便失去了。

通常胎毛在初生婴儿满月时剪下，白蕉是行家，他明白小孩满月时的胎发较短，制作小楷笔尚可，所以特意待到小儿满了双月才为他理发，两个月的胎发既长且多，当年他足足定制了二十多支。这些笔大部分光素无字，其中十多支分赠友人，仅一二支刻了"小何平发颖，白蕉托杨振华精制"字样，自己珍藏。不久他为这几支笔作了一首诗，诗里尽是他执着胎发笔气吞万里如虎的气概："颇嗟强弱精笔难，黄黄白白不堪使。我向我儿头上发，至今粗杀万把字。"

我国使用胎发笔的时间较早。唐朝段成式的笔记小说集《酉阳杂俎》卷六里记述南朝梁史学家、文学家萧子云用的是胎发笔："南朝有姥，善作笔，萧子云常书用。笔心用胎发。"唐朝诗僧齐己在《送胎发笔寄仁公诗》中留下"内为胎发外秋毫，绿衣新裁管束牢"的诗句，明朝陈继儒的《太平清话》卷三中记载："宋时有鸡毛笔、檀心笔、小儿胎发笔、猩猩毛笔、鼠尾笔、狼毫笔，朝鲜国至今用狼毫笔。"按旧时传统，胎发的功用仅作毛笔的笔柱，白蕉定制的恰恰相反，将紫毫或狼毫作为笔柱，胎发用于了外披。

白蕉曾以书法的形式创作过一本《白蕉自书诗册》，册中内容是他的六十一首自作诗，清简淡远、隽逸洒脱的晋人风韵里，有他的情怀、他的才学、他的本色、他的故事，其中有为黄炎培七十岁时写的祝寿诗，"弥天精力七十翁，岳岳人间方华嵩。风波之民空皮骨，栖皇南北怀精忠。卅载弥缝犹丛咎，世人欲杀天愈厚。愿公更健愿时清，更寿一觞海西叟。"落款注明用的是"生儿胎发笔"。黄炎培是白蕉的长辈，1930年白蕉受黄炎培之邀，进入鸿英图书馆前身甲子社工作，成为《人文月刊》的一名编辑。黄炎培生于1878年，七十生辰在1948年，而这本册页写于1950年前，显然白蕉使用胎发笔的时间早于1962年。沈恩孚担任过甲子社的馆长，这位长白蕉四十三岁的著名教育家对书法有着极深的研究。有一回馆中一位同事与沈恩孚聊起白蕉的书法，他说白蕉的字极漂亮，但要讲功底，恐怕并不怎么样。沈恩孚听了反驳道："白蕉书法的功底，蛮好了，我不及他。"这封白蕉1934年写给沈恩孚的信，信上说："信丈尊鉴：今日校中上、下午均有课，因晚所授之两班国文大考结束，恳准给假半日。晚白蕉顿首，一月十四晨。"寥寥数十字，楷中带行，字字独立，到底一笔不苟，浓浓透着欧阳询、虞世南的底子，如沈恩孚所说："白蕉书法的功底，蛮好了……"白蕉连给前辈的信纸都考究，用的是学者王蕴章甲戌新年定制的暗纹"凤皇元年"砖花笺，十分精致。

白蕉致沈信卿书信信封

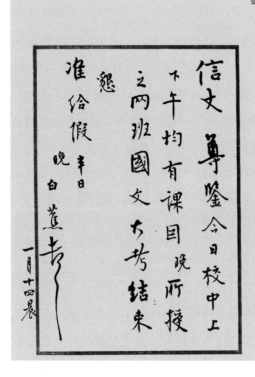

信丈 尊鑒 今日校中上下午均有課目晚所授之兩班國文大致結束 懇准給假半日 晚白蕉 一月十四晨

白蕉致沈信卿书信

2013年10月19日，上海笔墨博物馆举办了"白蕉·金学仪书画珍品展"。金学仪是白蕉的夫人，两人为金山同乡。1942年结婚时，唐云特地为他们绘了一本结婚证书，徐悲鸿送来了一幅《双青毛竹图》，其时蒋梅笙教授与女儿蒋碧微在四川重庆，蒋太太一人居住在上海愚园路上的连生里3号，因徐悲鸿在南京另有一处房屋空置着，于是蒋碧微托人接其母亲去了南京，将连生里3号让给了白蕉夫妇作新房。这次展览中，除了他们的书画作品，也有许多难得见到的生活照片，及白蕉小楷为他父亲抄录的中医著述、他自己的《书法学习讲话》手迹、1965年的诗词修改稿等。正是在这次展览的筹备期间，博物馆得到了白蕉制作胎发笔的诸多资料，随即与白蕉之子何民生取得了联系。工作人员希望将他珍藏的胎发笔拍摄照片，作今后展览介绍使用，何民生却说："不用拍了，这笔我就捐给笔墨博物馆了。"博物馆惊喜不已。"私人收藏只是个人的纪念，由博物馆收藏具有公益的意义，更有价值。"何先生说。

　　今天这支笔在博物馆的玻璃展柜内安安静静地卧

着，不染一尘，只剩云间居士无数次握着它伏案的身影在稀松的笔毫间若隐若现——它成就了一位孤高的书法守望者，也成就了一纸纸的清芬，望着它，恍然如昨。

2021年

梁实秋的爱情曲

拍卖场里的声音此起彼伏，随着那把定音的锤子在拍卖师手下铿锵有力地不断敲响，那几封梁实秋的信——有了新的着落。信是1972年至1975年间写给刘英士的。刘英士是梁实秋的老朋友，生于1899年，长梁实秋四岁，江苏海门人，早年协助蒋梦麟编过《新教育》杂志，1924年哥伦比亚大学毕业后回国担任过暨南大学、中国公学的教授，抗战期间在重庆主持《星期评论》。由于他的约稿与催稿，因而有了梁实秋尽人皆知的《雅舍小品》。有封信里，梁实秋对刘英士回忆往事："你还记得，我们初识时彼此均尚未婚，距今五十年矣！"

1972年5月，梁实秋卖了安东街住了二十年的房子，与妻子程季淑搬去了西雅图女儿梁文蔷家里。西雅图对他们而言不算陌生，两年前梁实秋带着妻子来西雅图补了一次蜜月旅行，将近四个月的旅行，梁实秋将途中所见写了一本《西雅图杂记》。

再到异邦，两位老人自然高兴。梁太太见到两年前买的一棵山杜鹃长大了不少，心里尤为欢喜。逢着周末，全家外出郊游，咸水公园捞海带、植物园的池塘喂鸭子、轮渡的码头喂海鸥、参观啤酒厂……常常乐而忘疲，不过身在异邦的两位老人水土终究不服。西雅图的气候原本平稳温和，冬天不十分冷，夏天不十分热。梁实秋在1972年7月15日的信里告诉老朋友正值夏季的西雅图，天气是凉爽的，早晚却冷如严冬："需要穿全套冬装，内人棉裤脱不下来，洗澡需火炉，夜拥厚棉而眠，白天遇有太阳，即到院里晒太阳取暖，与台北比，真是如趋极端。"他想象着"不知冬日雨雪连绵，其何以堪！"

多年前我接连读过两三遍《雅舍谈吃》，哪怕再普通的烧饼油条、豆腐酱菜，衬着梁实秋精致细腻的文字都叫人口齿生津。偏偏对"吃"如此讲究的梁实秋，在

梁实秋致刘英士书信信封

英士嫂兄 内人于今日逝世。数年前时疲路边
铁梯倒下砸伤头脑，手术虽解而不解，
心脏衰竭而不治，享年七十四岁。谨此报
闻

梁实秋上 三〇、卅四

美国只能无奈"认命"。7月15日的信里抱怨完气候，随即抱怨起吃来。他说："美国饭菜不敢恭维，中国菜馆名不副实，家里自己烧菜则准备材料不方便，价钱更不论了。"8月15日的信中再次说道："每日三餐单调之至，家乡食品购买不便，偶然吃到豆腐，价昂惊人，且味亦不对，粗而且硬。"之后刘英士给梁实秋回了信，谈到了西雅图的吃。梁实秋在9月18日的信中说："你说此地顿顿有鱼虾吃，现已非如此，冰箱冰柜盛行以后，海味都是冻的梆硬的，一包一包的，没有新鲜鱼虾可吃，而且没有淡水鱼虾可吃，在此居住饮食大有问题，尤以老人为然。我因肠胃不时出毛病，咖啡与茶一概免去，冰冷的水果亦不敢问津，生活简单之至。"如果说生活的简单可以克服，百无聊赖的时候，梁太太给家人织了一件又一件毛衣，多时三五天一件，老作家则读读书写写作，顺着帮忙洗盘擦桌子，那么吃，是他"唯一不满意的"。

第二年冬天，西雅图下过两次罕见的大雪。那天雪后，两位老人一时高兴，把自己裹得厚厚实实的外出赏雪。走出很远一段路，梁太太突然在一块冰上滑倒站不起了身，四顾白皑皑一片渺无人迹，梁实秋急得不知所措。艰难地熬过一段时间，才由附近的住户发现，前来援救送回了家里。第二天去医院急诊，老太太照了六张X光片，所幸筋骨未受伤，回家静养即可，却也足足在床上躺了近两个月。他在1973年4月8日的信中写道："如今可以坐车外出，看花、吃饭，惟不能行走超过二十分钟，否则脊椎即痛。此真意料所不及之横祸也。"梁实秋到美国后犯了多次胃病，数度就医不愈，这回日夜照料跌伤的妻子，三个月来胃病居然未发，他觉得那是因祸得福了。

然而，命运并非对他总是眷顾。1974年4月30日上午10点30分，梁实秋与太太手牵着手去家附近的市场买一些午餐，途经市场门口时，突然摔下的一架梯子正巧击中了程季淑，在众人的帮助下，立刻送往了医院。经过急救，医生说需要动大手术。手术室门口，程季淑对梁实秋说："你不要着急，治华（梁实秋原名治华），你要好好照料自己。"随后微微一笑，进入了手术室。直到夜里11点，护士来通知梁文蔷，她的母亲已经去世了。那一刻女儿与父亲仅隔着十来米，她望着疲惫

梁实秋与程季淑早年合影

- | -

不堪的父亲，慢慢走了过去。梁实秋看了看女儿，说："完了？"女儿点了点头。梁实秋浑身发抖，啜泣起来。当晚，梁实秋跟刘英士去信报了丧："英士兄嫂：内人于今日逝世。散步时被路边铁梯倒下砸伤头腿，手术麻醉后不醒，心脏衰竭而不治，享年七十四岁。谨此讣文。"这是我买下的那一封信，信笺上简单的文字，无疑是老作家深切的痛楚悲伤的泪。信里另附有两枚梁实秋与夫人程季淑的合影，一枚摄于1926年两人结婚前，一枚摄于1959年程季淑五十九岁时两人在东安街寓所。相片上，梁太太一脸的古秀端庄，笑意温婉，爱意真切，数十年不变，此际只换作两处悲伤——在西雅图，有一回梁太太抚摸着梁实秋的头发，说他的头发现在又细又软。她问他："可记得从前有一阵你不愿进理发馆，我给你理发，你的头发又多又粗，硬得像是板刷，一剪子下去，头发楂迸得满处都是。"

父女俩将亲人安葬在了西雅图"槐园"，梁实秋继而写起了记述两人五十年生活的《槐园旧梦》，他在书桌上贴了一句话："加紧写作以慰亡妻在天之灵"。没多少日子，女儿不忍老父亲孤零零一人，劝他回台湾散散心，于是梁实秋回去待了两个多月，回西雅图时精神好了许多。1975年3月29日，梁实秋收拾齐行囊，再次飞回了台湾。仅仅过去两个月，那天是1975年5月26日，一位书友买去的梁实秋寄给刘英士的信上，简单的文字霎时成了一串喜悦的音符："英士兄嫂：前得一晤，甚以为慰。兹附上结婚照像一帧，乞赏收留念。梅雨季节，多多保重。即颂大安。弟梁实秋顿首、内子菁清附候。"

2021年

沈从文，不会过时

　　我在小学时极为顽皮，上课总忍不住要和四周的邻座咬耳朵说悄悄话，年轻的女老师见了便瞪大眼睛冲我喊一声："电风扇，又开始转了!"年轻的女老师是教语文的，二十岁不到，师范学院刚毕业，高高的个头爱打扮，一头飘逸的长发披在肩上，衬得纤秀的脸粉粉的，好看极了，像钱慧安笔下的淡彩仕女，偶尔绾起发髻笑起来的样子又像《罗马假日》里的奥黛丽·赫本，甜得要命。偏偏我的语文成绩差，少不了挨她的罚，几次她抹着粉笔灰的细手把我的耳朵拉得红红的，弄得同学们笑我"粉条叉烧"。我不甘心，有回在作业本上把她画成了动画片里捉了葫芦兄弟的"蛇妖"。从此上课铃响，当她夹着书本讲义站在讲台前念过一声"上课!"我料定，蛇妖出山，天下必定大乱，只待"七位好汉"来受难了。

到了中学我仍然没有好好念书，上课看武侠小说，逃课去城隍庙吃小笼包，请同学帮忙做作业，所幸胆子小，到底没给老师惹是非添过乱子。我只是烦，烦数理化、烦外文、烦政治，考试更烦，好在学校里有间图书室，每每能在架子上找到几本有趣的书。我正是在这时候阅读沈从文的，他的《边城》、他的散文集，朴素的文字里那些湘西的神秘景象深深吸引了我这个尚未见识过世面的中学生。沈先生的父亲爱听京戏，希望儿时的沈先生能学戏，做一个谭鑫培，却意外发现沈先生是个学会了逃学、说谎，在太阳底下四处游荡的"小流氓"，为此伤透了他的父亲、一个军人的心，而沈先生最终竟成为大作家，这让我庆幸找到了一位知己，因而有了与许多同学不同的想法，读书好坏或与将来并没有多少联系。"当我学会了用自己的眼睛看世界一切，到一切生活中去生活时，学校对于我便已毫无兴味可言了。"沈从文说。

出于对沈先生的敬仰，这十多年来，我对他的字同样格外喜爱。沈先生十五岁时跟着亲戚进了一支土著部队，由于"可以写几个字"做了名"司书"，写一角公文、誊一份报告，每月四块钱的薪水，吃喝省下的零星藏在袜筒或鞋底里，五个月内居然买了十七块钱的字帖。正式从军了，别人的墙上挂满大枪小枪，他的房间却贴满自己写的字。每个视线所及的角落，还贴着小字条："胜过钟王，压倒曾李。"因为那时他知道，写字出名的，死了的是钟繇王羲之，活着的是曾熙李瑞清，他以为只要超过他们，一定就可独霸一世。近期读到他的一封长信，1981年12月18日写给湖北武汉师范学院（今湖北大学）从事文学研究的李恺玲的，黄豆大的毛笔字密密麻麻布满四页八行笺，字字干净利落，某些笔画带着章草隶书的笔意，虽不说可以独霸一世，却显得既优雅又隽朴，信的内容则大多围绕他的小说《长河》。

那年湖北的《长江》文学丛刊计划重印《长河》，沈先生之前读过李恺玲的文章，不仅沈先生，他的夫人张兆和也觉得李恺玲的笔下有分寸，且有发前人所未发之处，所以沈先生想请李恺玲为重印的《长河》写篇小文章。接着沈先生便在信里谈起了这部"命途多舛"的小书："四十多年前，分别在昆明、重庆、香港报刊发表时，就因触犯时忌，一再被删改，到集稿送交桂林开明书店付印时，写的题记中就预感到，此后恐有一天会'付之一炬'。一送桂林，不出所料，就被当时主持图书审查处扣留，直到抗战结束，才亏得在重庆中山文化馆工作的老友左恭为交涉发回，由迁回上海的开明付印，属拟印三十本选集第十种。时已迫近解放，只印一版，到五三年初后，得书店通知，'所有业已印行或未印行各稿，因已过时，全部代为销毁，纸型亦不例外'。"他说。

信中提到的"图书审查处"，是1934年国民党成立的图书杂志审查委员会，主持工作的是潘公展。沈从文在西南联大教书时，有一回在课堂上骂国民党中宣部无能而滥用职权，为此讲台下坐着的三青团学生打了他的小报告，以致《长河》第一卷原稿被不断删减，送桂林后即被扣下，待左恭托了重庆政治学校的好友高植想办法取回时已"面目全非"。因时间过去多年，他的记忆无法一一恢复原状了，许多内容上下不能衔接之处也就无法再做补充，最初要写三卷的打算，经1953年毁去，剩下的两卷到底就此搁了笔。

沈从文致李恺玲书信四页选一

1950年至1978年，沈先生离开了熟悉的文学界，调入新成立的中国历史博物馆担任了一名研究员。每天早晨七点上班，下午六点钟下班，工作时间长达十一个小时，就这样不问文学，春夏秋冬兜兜转转在了文物库房之中，那段日子倒让他觉得："在人为风风雨雨中，把新学的种种常识为人民服务，既少是非，日子也过得比较安静，不仅从未灰心丧气，反而觉得'学以致用'，凡事都可从打杂帮忙中用其所长，三十年来总尽力摆脱一个'空头作家'的虚名，只争取作个'合格说明员'资格，既始终达不到目标，因此又再降低目标，只求达到一个'合格公民'资格，就心满意足！甚至于若如此努力用心，'此路不通'时，就再改一个平民职务，也以为实合情合理！"他在信里接着说。未承想，这部多年前毁去的旧作，如今有了重印的机会："所以重编选集时，每一集中照例应写点题记，也不知从何说起。因为社会变化实在太大了，目下四十来岁的至亲中，既多已不知我写了这么多作品，直到别人提起，也居多照学校写'现代文学史'的权威说法，以为我是个'无思想'以至'无灵魂'的资产阶级作家，别的毫无所知。我也从不鼓励他们去翻翻我那些旧作。自己亲属尚且如此隔腹，别人还能寄托什么希望？但从总的说来，这也可说是'一面倒'的'显著成功'处！所以我极希望那些文学辞典传记中不提及我姓名和工作成就。即或《七侠五义》《笑林广记》都翻了身，成为人的必读的作品，我本人对于我的过时旧作，可并不寄托任何不切现实空想，以为即或重新会付印，至多在当前能起些点缀作用，不过三几年，便依然会成为陈迹，失去存在意义。因为这些作品中，即或有点处理方法上和使用文字上，都有些新处，可是社会究竟变了，书中叙述到事件人物，社会面貌情形，在过去一时显得相当动人逼真，现代二三十岁的少壮看来，已不易理解了。"他继续对李恺玲说："盼望你能写点短短介绍，也只是能'就事论事'，对于这本小书的得失，谈谈个人印象就很够了。万望不要过于称许，只提提这作品在我大量作品中，为较有计划作的一回新的试探，规模也比我其他习作涉及现实略深，范围也略扩大，但是由于社会外在变化，却只算得是一个夭折的作品！"

1945年昆明文聚出版社出版了土纸本《长河》第一

卷，1948年开明书店出版了《长河》改订版，1982年重校后再次出版于《长江》文学丛刊当年的第一期上。他在信中说他的作品是"过时"的，1982年春节在赠给李健吾夫妇的《沈从文小说选》上，同样称自己的书是"一本四十年前过时旧作"，不过之后沈从文的作品终究成为各家出版社竞相出版的好书。

同学是位理工科的大学毕业生，从事科学研究近二十年，忙碌的工作让他很少有心静静地读一本文学作品。那天闲聊时他跟我说，前些日子的一个周末，他在厨房做饭，洗菜的间隙拉开厨房的门，望了望窝在沙发里读书的女儿，他问她在看什么书？女儿答《边城》。他又问："你们中学学编程了？"女儿放下书，对着他轻轻一笑，说："是作家沈从文的小说，《边城》。"这让他突然觉得在女儿面前丢了些颜面，日后渴望补一补文学，让他与热爱文学的女儿之间多些谈资。

我想，沈从文，是不会过时的。

2022年

他们是姹紫嫣红里的云与龙

记不清具体的时间了，似乎是2009年起与蓄华先生多了往来。

俞振飞有位学生孙天申，是我的昆曲老师，著名的昆曲清曲家，住在河南南路邻近城隍庙一带，年龄与蓄华先生相近，她称蓄华先生为师娘。那时候蓄华先生的家在徐家汇路重庆南路瑞金新苑一幢高楼的24层，她们是多年要好的牌搭子，时常在几个老朋友家中打麻将。要是哪天蓄华先生闷了，一个电话，天申老师便约了我们这些喜欢昆曲的小年轻去蓄华先生处闲聊。

老太太是个爱热闹的人，每次见了我们都高兴，一边招呼大家坐下，一边张罗着为大家端茶，印象里我们在一起没唱过昆曲，多半是听她讲故事，讲俞振飞，讲昆曲，而我是手上最忙的。蕭华先生一直珍藏着俞老生前使用的两枚印章，"俞振飞印""江南俞五"。每次总有曲友会带上几本俞老的书，想在书上盖这两枚印作纪念。由于我懂篆刻的缘故，这盖印的事自然落在了我身上，特别是2013年6月，上海辞书出版社出版了精装本、线装本与珍藏本《粟庐曲谱》，曲友们有回共带去四十多册，高高低低堆了一桌子，每册上加盖这两枚印，足足盖了三个多小时。不过我十分沉浸在这份快乐之中。那两枚印石虽为普通青田石，到底跟了俞老一辈子，已是满身的包浆，我握着它们，轻轻沾满印泥，落在纸上的瞬间，心里总觉得感动。

上海有位昆曲世家徐老先生，存有一百多封俞振飞写给他的信，十多年前因年事已高、疾病缠身，打算为这一百多封信找个新着落。台湾"中央大学"的戏曲专家洪惟助教授得知后专程赶来上海挑走了一些，也有其他方面选了一些，其余的，惟助教授对老先生说待学校商议后再做决定。我的好朋友赵卫是京昆知名票友，知道我喜欢名人书信，遂介绍我认识了徐老先生，老人家见我心诚，将剩下的全部转让给了我。

那段日子，我天天把这一百多封信理了又理，读了又读，生怕少了，生怕坏了，于是有了编一本俞振飞书信集的计划。不久我把这想法告诉了蕾华先生与天申老师，她们早已知道我收藏下这些书信的原委，说倒还真没有一本俞老的书信集，她们能帮的一定帮。

俞老去世后，蕾华先生将俞老的不少珍贵资料捐给了上海图书馆，有字画、有戏服、有书信……为了编这本书信集，我想去上海图书馆看看那些书信。2011年1月11日下午我约了蕾华先生，请她在查阅的文件上签个名，没过几天我带着文件去了上图，接待我的恰是好友翁佳慧的婆婆郑传红。佳慧是俞振飞昆大班学生岳美缇的学生，当年是上海昆剧团的小生演员，现在去北京多年，成了一名优秀的青年昆剧演员。

那天签过名，老太太嘱我稍坐片刻，缓缓走入房间取出五六个信封。她说都是俞老写给她的信："你可以看看，就不要编在书里了，不太好意思。"她笑了笑，接着说："可以随便拍，但不能带走，前两年有位记者跟我借去一封，说用后归还，后来没了消息，我年纪大了，记性差了，忘了记者的名字了。"我带着相机，将信一一拍下，她认真地再将信纸折叠齐整，塞入信封，放回了房间，不一会儿又拿出三个信封递给我，"不晓得里面装的什么，你看看。"她说。我打开两个，是空的，打开第三个，有张宣纸，我好奇展开，立时发出了惊叹，展现在眼前的是启功先生为俞老题的字：俞振飞舞台艺术集锦。老太太皱了皱眉，一声嘀咕："这不知是什么时候写的了。"继而对我说："俞老过去给政协写过一个昆曲的提案，我找不到了，你编的书里如果能放进去，那太有意义了，要知道那个年头昆曲太难了，那份提案是为昆曲带来希望的。"

听了她的话，我开始四处寻找这份俞振飞的政协提案来，不错过老报纸、老期刊，不错过他的昆曲文论、昆曲著作，遗憾的是数年下来，到2016年5月俞老的书信集出版依然毫无着落，于是这毫无着落的念头熬成了一份放不下心的牵挂。然而，时间终究没有让我错过，2019年年末，我在北京参与某次拍卖时，意外见到了这份材料。

作为全国政协委员，俞振飞参加了1980年8月28日至9月12日在京召开的全国政协五届三次会议。9月11

日下午他写下一封信，托人带给同在文艺组的作家林默涵。信上说："我于九日上午起患感冒，有热度，经过医生打针、服药，昨日下午已退热，精神也渐见好转，一二天内可以复元，希勿念。今日下午文艺组交流会不克参加为憾。"随信附了一份他撰写的《为昆曲的继承、革新和发展提几点建议》的大会提案与永嘉京昆剧团的报告，请林默涵带交文化部。

蓝印的四页纸上，俞老细致地叙述了昆曲的继承、革新和发展，满含他对昆曲的殷殷之情。关于继承，他说汤显祖的"临川四梦"目前无法演全，仅《牡丹亭》几出，其余成了绝响。如果仅保存文学本子，不在舞台上"活"起来，他觉得问心有愧，但要上演，与一般的观众欣赏水平存在距离。如何对待这些名著是重要的问题。另外，南北昆有剧目五百余出，老艺人传下仅二百余出，北方老艺人已不多，南方散在了江、浙、沪等地，时间不等人，期待文化部将这些宝贵的力量组织起来，统一规划，请老艺人们继续传授。

关于革新，他说必须新编一些历史剧、传奇剧，同时要试着创作现代剧，以丰富演出的剧目。关于发展，现有剧团面临着财力物力的缺乏，上海昆剧团甚至没有一间像样的艺术资料室，大批珍贵的艺术资料无力收集。人才方面则青黄不接，老编剧越来越少，青年编剧不熟悉传统，作曲人员更少。为此，他提出了戏剧、戏曲学校培养昆曲编剧人才，音乐院、校培养昆曲作曲人才，戏曲院、校培养昆曲演员及伴奏人才的建议。

林默涵在新中国成立后担任了国家文艺界的领导人，参与过不少文艺政策的制定、文艺创作的组织等工作，所以对文艺工作极为熟悉。二十天后的10月1日，他给文化部黄镇、刘复之、周巍峙同样写去一封信。巧合的是2020年年末，我竟自绍兴一家旧书店找到这封信的底稿。信中说："政协第三次会议期间，俞振飞同志交来一份他关于继承和革新昆曲的建议，和浙江永嘉县京昆剧团的报告，我先送给马彦祥同志看了，他提出了很详细的意见。如何妥善对待昆曲这一艺术很高的古老剧种，确是一个非常重要而迫切的问题，必须及时采取措施，不能随他去。现将建议、报告和彦祥同志意见送上，务请抽时间一阅，并考虑如何处理。（因为彦祥同志的字迹较草，不易辨认，又恐遗失，所以打印了

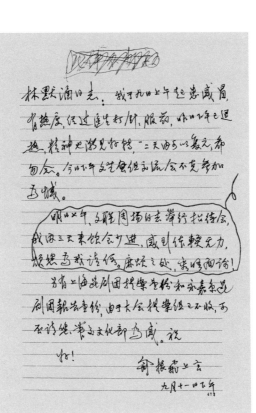

林默涵同志：我于九日上午起患感冒，有热度，经过连生打针、服药，昨日下午已退热，精神也渐见好转，二三天内可以复元，都可念。今明二天文艺会组和院会不克参加为憾。

明后二年文联团拜同志举行拟待会，我须三天来馆会少进，感到体较无力，故想与我谈话，麻烦之处，实待面询！

为省上海越剧团损失事情和安嘉东越剧团报告事情，由于大会提案组已收，可不诺您，带交文化部为感。祝

好！

　　　　　　　　　　　俞振飞上言

　　　　　　　　　　九月十一日下午

俞振飞致林默涵书信

— | —

李蔷华签名，俞振飞、李蔷华演出《贩马记》"写状"，1983年11月摄于香港

- | -

几份。）"

这以后文化部采取了诸多抢救和保护昆曲的措施，及至四十年后的今天，这座园林早已姹紫嫣红开遍。蔷华先生有次回忆上海昆剧团到温州、瑞安、永嘉等地演出的情形："上座率很高，头天八成，第二天就九成，后来全满，站票还有两千多。演出后，当地有的老艺人热情地将珍藏的昆剧旧本子送给我们。"

蔷华先生原名熊瑞云，俞振飞的小名为伯龙，《易经·乾》里有一句"云从龙，风从虎"。蔷华先生当年给我看的那几封信里，俞老便以此称她"云"，信末自己署名"龙"。两人于1980年结为连理。有封信上俞老写道："我不多讲了。我们结婚虽然只有几个月，好像已经有一二十年的感情了，我真离不开你。"今年俞老诞辰120周年了，今年蔷华先生离去了，他们是光影缤纷里的姹紫嫣红，他们是姹紫嫣红里的云与龙。

2022年

那是属于我们的文学时代

中学里有间狭小的图书室，阳光每天穿过向南的窗户将几排书架照得透亮。书架上多的是文史类的书、各种名著和名家散文，逢着午休，在校包饭的同学用过午餐，大多在这里安安静静地看书。图书室的管理员是我们的物理老师，五十出头的年纪，干练的短发修饰着的圆脸很少露出笑容，一如她的为人为事，从来严谨，从来认真："上课时不允许交头接耳，实验时不允许打闹闲聊。"图书室内她有言在先，闲聊或大声喧哗，是要被请出去的，不过她也说了，在她那里填张单子，即可将书取走带回家看。

是上世纪九十年代，学业不算繁重，课后多半宽余，同学们爱读几页小说、几首小诗，不多的零用钱花在了校门外各色零食上，学校的图书室成了我们的文学家园。

我从图书室借走的第一本书是廖静文的回忆录《徐悲鸿一生》。第一页上有一幅廖静文的油画像，下面是她的一段文字："仅以此书作为一束洁白的、素净的鲜花，敬献在悲鸿的墓前。"那时我不懂艺术，不懂人世的悲欢，仍然读得感动，每天放学回家顾不上温习功课，便沉浸在徐悲鸿的世界里。小彬借的那本《百年孤独》读完足足花了一个学期，他妈妈每次见他把书拿在手里都要笑，害他每次匆匆瞟过几眼就把书塞回抽屉。倒是小琳借的《钢铁是怎样炼成的》在班里传得最久，厚厚一本书，大家看得热血沸腾，好几位同学能把书中"人的一生应当这样度过"这段著名的句子背得比物理公式还熟，物理老师说没见你们上物理课如此认真过。

坐在我身后的小蓉扎着马尾辫子，前额留下几缕刘海微微遮住眼睛，课上我偶尔侧身偷偷望她，或许听课听得累了，刘海总能成为她的屏障，一双单眼皮向下耷拉着，如同紧闭着，老师竟从未发现。课后她很少离开座位，细小的眼睛却闪出专注的亮光。十足的文艺女学生，课桌的书包下总是压着一本她更喜欢的书，我见过有戴望舒的诗集，有丁玲的《莎菲女士的日记》，有琼瑶的言情小说。那阵子我们在电视里看了《城南旧事》，我们喜欢英子，英子那双烂漫明亮的眼睛，眼睛里那些老北京的风景、老北京的人。小蓉好奇去图书室借了林海音的原著来读，我笑她没去过北京，惦记什么城南。不过她并不在意，她说她想知道书里的英子是什么模样，那几天她正读得入迷。

没多久，小蓉竟意外地得上了急性肝炎，她后来抱怨准是吃了校门外不干净的零食。小蓉时而发热，时而无力，时而吃不下东西，脸色变得越来越黄。去医院经过检查，医生诊断为急性黄疸，说并无大碍，但立时开了单子，不准她回家了，将她关入了医院一幢独立的二层小楼。她的父母准备着回家为她取一些生活物品，她叮嘱他们一定要带上书桌上那本《城南旧事》。两个月后，小蓉康复回到了校园，没人在意她曾患过的病，我们聚在一起有说不完的话。她说，她在医院每天吃药打针输液苦死了，幸亏有英子陪着。她前后把《城南旧事》读了两遍，有回梦里甚至身在了城南那条胡同，病房成了老式的跨院，上面刻着老旧的门匾。同病房有位长小蓉五六岁的姐姐，先她一个星期住院，先她一个星期出院，原先带了毛笔墨汁每日在病房描红练毛笔字，见小蓉不多说话，只顾埋头读小说，趁一天午餐的时候好奇跟小蓉借来读了几页，竟也读得停不下来，待到出院没有读完，问小蓉要了地址，过了两个星期给小蓉挂号寄还了书。

小蓉带回了《城南旧事》，同学间开始不断传阅，两三个月后，渐渐少了封面，少了序言，少了目录，少了正文的前几页，好心的同学用过时的旧挂历纸为它做了书衣，封面上留下四个稚嫩的笔迹"城南旧事"，边上又写了"林海音"。但书毕竟是坏了，书是小蓉借的，小蓉不知如何是好。我们几位好朋友凑了份子，每人几毛钱，打算瞒着小蓉按原价赔给图书室。从来严谨、从来认真的物理老师那时脸上露出了难得的笑容，告诫我们以后一定要爱惜书，而她会买一本新的还给图书室，我们的钱就不收了。我们告诉了小蓉，并把书送给了她，她觉得又意外、又高兴。那天我问她借来打发时间，数学课上才翻过两三页，老师便走向我的身旁，敲敲桌子，收走了书。课后，同学们纷纷议论，幸亏书上有封面，封面上有书名，否则不知闹出什么笑话。

最近见到老作家萧乾的一封信，写给台湾《联合报》的王痖弦。王痖弦是诗人，担任了《联合报》副刊主编二十多年。1993年12月《联合报》在台北组织发起了"两岸三地中国文学四十年研讨会"，痖弦是主持人，萧乾受了邀请没有成行，会后他给痖弦写去了这封信："遥祝贵报举办的文学讨论会，大获成功。希望也研究一下经济繁荣时，文学如何不走下坡路，如何摆脱趣味至上，商业化。咱们都是五四运动的儿女。在九十年代，我有危机感。让我们海峡两岸的同行同道，都警觉起来。携手保卫深深扎根于土地、扎根于民众，曾经攀登过艺术高峰的中国文学。萧乾。"

上世纪九十年代，年过七旬的林海音如愿回到了她书里的北京，她生活了四分之一世纪的地方。刚到的晚上在王府饭店安顿妥帖，随即给萧乾去了电话，接着出租车兜兜转转一个小时找到了老作家的家里。四天后萧乾陪林海音去了现代文学馆。万寿寺西院那株参天的古树生得枝叶茂盛，林海音高兴地摸了摸那棵树，而后参观了巴金捐赠的"巴金文库"，对1933年出版的《北平

台北 008862766—0387 聯合報

王瘂弦先生：遥祝貴報舉办的文学討論会，大獲成功。希望也研究一下经济繁荣时，文学如何應面走下坡路。如何摆脱趣味至上，商業化。咱们都是五四運動的兒女。在九十年代，仍有危機感。讓秋们海峡兩岸的同行同道，都警覚起来。携手保衛深深扎根于土地、扎根民众的中國文学。萧乾

，曾经攀登过艺术高峰

萧乾致王瘂弦书信

- | -

林海音与萧乾在中国现代文学馆内巴金画像前，1990 年 5 月 21 日摄于北京

- | -

笺谱》尤为喜爱，这是鲁迅所编印的100部中赠予巴金的第94部。在巴金像前，她与萧乾留下了一幅相片。

前几天自友人处得到这幅相片，以及林海音夫妇赠与萧乾夫妇的签名照，我把这两幅相片给了小蓉看。多年的同学了，来往越来越少，只剩下逢年过节问一声安好。这回她见了相片，泛出许多时光的涟漪："像，她的眼睛和英子一样烂漫，一样明亮，书里的英子分明就是她。"她说。

上世纪九十年代，那是属于我们的文学时代。虽然萧乾说九十年代的文学让他有了危机感，然而不过十几岁的我们，只是沉醉在作家们笔尖流淌出的思想灵光里：那天数学课后，老师将我叫去办公室狠狠骂了一通，待灰溜溜从办公室出来，我将老师还给我的书还给了小蓉。二三十年过去，小蓉搬了四次家，这本书竟一直陪伴她到今天。她说书是大伙儿送的，那么多同学读过，多好的纪念，对那个年代。

2022年

贺卡与小钱包的故事

一

那天午后我在工作室里沏了茶，等待晓云老师与冬缘师兄。晓云老师住在虹口，她说自己上了年纪了，对上海的道路已然有了陌生感，所以极少出门。她数十年的老朋友、我的冬缘师兄开了车去接她，半小时样子他们到了吴淞。

这是她第一次来吴淞，从小在北外滩附近生活，过去的印象总认为这靠着长江口的地方很远，这会儿她笑着与我握了握手，说："没想倒是很近。"是七月的天气，我只是在工作室楼下等待的一小会儿，身上已冒出不少汗，她见我擦了擦额角的汗，也抹了两下额角。

晓云老师今年六十多岁，很难想象，年轻时是位穿着时尚的千金小姐，待到中年，一念之间，一身朴素地开始吃斋念佛。最初她在九三学社市委任职，那时候民主党派办公在陕西北路的百年老宅荣宅里。有一年将近年关，她与同事去给九三学社一位年长的社员拜年。老人住在黄河路长江公寓106室，名叫李开第。她对李开第完全陌生，初见的印象是老人身形瘦弱，却面目清癯儒雅、声音洪亮饱满，他的夫人则满头银发，一脸和善，总是笑眯眯的，衣着十分整洁。不过家里一屋子中药味，原来李开第的夫人患了癌症，年岁大了，没有化疗，他每天在家里煎中药，靠着中药的治疗夫人维持了好几年。

过了几天，她刚下班走出荣宅，迎面遇上位九三学社社员，两人聊着聊着提到了张爱玲。这位社员与李开第同在九三学社外贸支社，他随口问了一句："你知道李开第是谁？"晓云老师的眼里有些茫然。"他是张爱玲的姑夫。"她不敢相信自己听到的话，那两天她的好朋友、作家王安忆借给她一本张爱玲的小说《传奇》，她放在枕边每晚读得入迷，这会儿突然听到她去探望的那位老人是张爱玲姑夫，立时呆在原地，好一会儿才缓过神来。而后九三学社安排她联络李开第，有了时间她便去长江公寓陪两位老人说话，渐渐成了李家的常客、成了两位老人的忘年交。

张爱玲的姑姑是张茂渊，自1942年到1952年，张爱玲大部分的时间与姑姑生活在一起，在张爱玲心里姑姑是最亲密的人，姑姑的家代表了天长地久。1950年张爱玲与姑姑搬入卡尔登公寓（今长江公寓）301室，张爱玲在这里完成了《不了情》《太太万岁》《十八春》（后改为《半生缘》）等作品。1952年7月张爱玲离开上海，姑侄二人至此失去联络，在度过了漫长的二十七年后才得以恢复："今天刚得着你的地址，赶快寄几个字给你，告诉你我的近况……我最急于想知道，你这廿余年的一切，就知道你结婚，而（张爱玲丈夫）不幸地病故了。这以后你的生活如何维持？要问的话多了，愿你一一告我。"张茂渊在1979年2月3日对张爱玲的信里说。1985年由于张爱玲搬家，两人又断了音讯，焦急等待了两年，1987年在柯灵的帮助下，张茂渊给张爱玲的朋友宋淇写去一封信，信中她向宋淇介绍自己是张爱玲的姑姑，张爱玲之前一直与她共同生活："可否请先生把爱玲最近的通信址见示，并转告诉她急速来函，以慰老怀，我已八十五岁，张姓方面的亲人唯爱玲一人而已。"张茂渊说。

李开第与张茂渊同年，两人相识很早，但命运让李开第与另一位女孩儿夏毓智走在了一起。晓云老师回忆那些年去李家，李开第爱与她聊些过去的故事，有一回李开第说早年他与张茂渊以及一位梁太太到八仙桥（今淮海中路、龙门路、金陵中路一带）闲逛，巧遇位算命先生，李开第觉得新鲜，请"半仙"算了一算，"半仙"说了不少，李开第惊叹都准确，唯独说他有两段婚姻他不信，因为他深爱着妻子夏毓智。张茂渊接着请先生算，"半仙"说她晚年有一段婚姻，张茂渊听了摇头说不准，因为她早已做了独身的准备，此生不嫁。哪知"半仙"不慌不忙，说："命里有，八十都会结婚的。"回到家，张茂渊把算命的事告诉了张爱玲，没人放在心上，大家一笑了之。1979年，李开第的夫人已病逝多年，那年张茂渊嫁给了李开第，那年他们都七十八岁。张爱玲得知消息后说："当年算命先生算的真准。"李开第与张茂渊邀请亲友在静安宾馆简单办了一桌酒席，婚后搬入长江公寓106室，开始了相依为命的日子。

二

陈子善老师是著名的张爱玲研究者，2009年1月去香港参加会议期间，由好友相介拜访了张爱玲的遗产继承人宋淇之子宋以朗，闲谈间，宋先生说起他的一件烦恼事，他从房间取出三个厚厚的牛皮信封，每个信封内各有一个小钱包、一封信，是张爱玲1994年在美国买来预备分送三位亲友的，但不知何因没有寄出，最后连同其他遗物交到了宋先生手里。第一封信致"KD"，无疑是李开第，第二封信致"斌"，后经推断是李开第的女儿李斌，当子善老师读到第三封信，他简直不敢相信自己的眼睛，致"晓云小姐"，"晓云小姐"不就是电话里的她？

半个月前的2008年12月20日，有位女士通过华东师范大学联系子善老师，这位女士十分关爱小动物，而子善老师爱猫，所以电话里女士委托子善老师呼吁更多的人来关爱、保护小动物。通话结束前，她顺便提到十六年前张爱玲委托皇冠出版社将生前最后一部著作《对照记》寄了一册赠她，这让子善老师极为意外，并对电话另一端的女士留下了特殊的印象，而这位女士正是"晓云小姐"。

回到上海，2009年2月10日星期二上午，子善老师与晓云老师相约在了常德公寓楼下的张爱玲主题书店见面。常德公寓是张爱玲生活了六年多的地方，子善老师常来这里，就像看望一位老朋友，我也在多年前随他在这里喝过一杯咖啡。他们两人挑了书店中间的位置坐下，点了两杯咖啡。晓云老师不经意向窗外看了看，常德路上照例车流穿梭、人群熙攘，倒是昨天元宵节下过雨，今天天空放晴，沿街的大树抽了新枝，发了新叶，尽是春天的消息。子善老师先谈了些香港会议的经历，晓云老师听得漫不经心，那些小动物的影子在她心里飘来飘去，不一会儿子善老师将牛皮信封交到她手上，她打开信封，里面赫然装着张爱玲的贺卡与赠她的小钱包。贺卡是粉红底色的封面，印了一朵含苞怒放的白百合花，小钱包是奶青色白鳝皮质地，打开后左侧为证件夹，右侧为大小两格的钱夹。

晓云小姐：

　　为了我出书的事让您帮了我姑父许多忙，真感谢。近年来苦于精力不济，赠书给友人都是托出版社代寄，没写上下款，连这点谢忱都没表达，更觉耿耿于心。这小钱包希望能用。祝

　　前途似锦。

张爱玲

她反复阅读着、摩挲着，望着"张爱玲"、望着"姑夫（李开第）"这几个字，瞬间泪流满面，久久说不出话。

1991年安徽文艺出版社计划出版四卷本《张爱玲文集》，李开第是张爱玲在大陆书籍出版的版权代理，所有出版事宜由他一人打理，其时张茂渊已经离去，剩下李开第独自生活，精力十分不济："贺卡里说'为了我出书的事让您帮了我姑父许多忙'，其实我只是帮着李开第看委托书，帮着办一些出版的手续，用蓝印复写纸抄些出版合同，仅此而已，没想张爱玲还记着我。"晓云

老师说。那几天她的眼睛一直湿润着，她想念李开第和张茂渊。子善老师是欣慰的，他为能在张爱玲写下这封信的十四年后完成张爱玲未了的遗愿而感到高兴。

柯灵是《张爱玲文集》的顾问，期间与李开第为了文集的顺利出版有着较多的交流，晓云老师常常为两位老人传些书信传些话，于是与柯灵也熟识起来。1992年晓云老师将赴深圳之际，柯灵赠了她一本红色的日记本，封面烫着金字"柯灵文艺创作生涯六十年研讨会"，打开的第一页上深蓝色的钢笔写道："诚恳，勤谨，前途光明！祝晓云同志远行。"落款"柯灵"。日记本里夹了一页老旧的《解放日报》剪报，是一篇《张爱玲其人其事》的短文，配有一幅张爱玲近影。文章末尾写："张爱玲的姑母现在上海，已八十余岁，计算张爱玲也已该是六十八岁了。姑母非常渴望张爱玲能回来见面叙旧，一了宿愿。"晓云老师只是遗憾，张爱玲最终没有回来。

三

2009年至今，一晃又一个十四年过去。今年六月间我去晓云老师家中，冬缘师兄正忙着帮她搬家，楼下的院子里堆满数十箱完成了打包的物品，一件件在装车运往附近的仓库。她把我和冬缘师兄带上三楼，在光线暗沉的屋子里，物品随意摆放着，显得有些零乱。她取出一个牛皮信封递到我手里，说里面装的是张爱玲的贺卡与小钱包，那一刻我同样感动得久久说不出话。

这会儿我们在工作室聊得很愉快，我取出一些名人书札与他们一起浏览，有一册我的忘年交、张元济孙女张珑老师赠我的《涉园印存》，第一页上张先生题了两行字，"吉慧先生存赏""张珑二〇一九年春节前"，晓云老师见了也要为张爱玲的贺卡写几个字，她从沙发上立起身移步到我的办公桌前，拿起一支水笔说："我写毛笔字不行，用水笔吧，让我拿张废纸练一练。"我随手取了张一面写过字的纸给她，她在另一面空白处起了样子："张爱玲寄我的贺卡，给吉慧先生留念。"问我可好？我说好。我从柜子里翻出两页朵云轩木版水印的粉红色恽寿平花卉花笺，请她写在花笺上。她提起精神，一字一字、沉沉稳稳将这段话抄了一遍，接着扶了扶眼镜，想了想说要再写一张："我是不是可以称张爱

张爱玲致刘晓云贺卡封面

- | -

张爱玲赠刘晓云的小钱包

- | -

玲先生？"于是在另一页花笺上提笔写下，"张爱玲先生赠予我的贺卡，今天赠予吉慧先生留念。晓云。二〇二三·七·廿八"，而后冬缘师兄为我们在张爱玲的贺卡前留下一张相片。

图书在版编目（CIP）数据

雁来时 / 唐吉慧著. —— 上海：文汇出版社，
2024.5
ISBN 978 - 7 - 5496 - 4191 - 8

Ⅰ.①雁…　Ⅱ.①唐…　Ⅲ.①散文集—中国—当代
Ⅳ.①I267

中国国家版本馆CIP数据核字（2024）第067566号

雁来时

著　　者 / 唐吉慧

责任编辑 / 何　璟
装帧设计 / 一亩幻想
封底篆刻 / 唐吉慧

出版发行 / 🄵文匯出版社
　　　　　　上海市威海路755号
　　　　　　（邮政编码 200041）
经　　销 / 全国新华书店
排　　版 / 南京展望文化发展有限公司
印刷装订 / 上海颛辉印刷厂有限公司
版　　次 / 2024年5月第1版
印　　次 / 2024年5月第1次印刷
开　　本 / 787×1092　1/32
字　　数 / 100千
印　　张 / 6.625
彩色插页 / 6

ISBN　978 - 7 - 5496 - 4191 - 8
定　　价 / 68.00元